TRYSOR GARN FADRYN

Argraffiad cyntaf: 2022
ⓗ testun: Anni Llŷn

Cedwir pob hawl.
Ni chaniateir atgynhyrchu unrhyw ran o'r cyhoeddiad hwn,
na'i gadw mewn cyfundrefn adferadwy, na'i drosglwyddo
mewn unrhyw ddull na thrwy unrhyw gyfrwng, electronig, electrostatig,
tâp magnetig, mecanyddol, ffotogopïo, recordio, nac fel arall,
heb ganiatâd ymlaen llaw gan y cyhoeddwyr, Gwasg Carreg Gwalch,
12 Iard yr Orsaf, Llanrwst, Dyffryn Conwy, Cymru LL26 0EH.

Rhif Llyfr Safonol Rhyngwladol:
978-1-84527-847-2

Cyhoeddwyd gyda chymorth Cyngor Llyfrau Cymru

Dylunio'r clawr: Gary Evans

Cyhoeddwyd gan Wasg Carreg Gwalch,
12 Iard yr Orsaf, Llanrwst, Dyffryn Conwy, Cymru LL26 0EH.
Ffôn: 01492 642031
e-bost: llyfrau@carreg-gwalch.cymru
lle ar y we: www.carreg-gwalch.cymru

Argraffwyd a chyhoeddwyd yng Nghymru

TRYSOR GARN FADRYN

ANNI LLŶN

1

Sibrydodd yr **angor** wrth **lithro** trwy'r dŵr a **swatio** fel **cyfrinach** ar wely'r môr ym Mhorth Meudwy. Gwasgodd y dyn **barfog** ei ddillad i'r **bag-arbed-dŵr** gyda **gweddill** ei bethau. Yna, nofiodd yn **noeth** at y lan.

*

Roedd Ceri newydd fwyta ei chinio ac yn gwneud paned. Seithfed paned y dydd. Am y seithfed tro'r diwrnod hwnnw hefyd, roedd hi'n **syllu** trwy'r ffenest ar y goeden enfawr gyda'r blodau porffor arni, yn ceisio dyfalu beth oedd enw'r planhigyn **hynod**. Edrychodd ar ei ffôn. Dim byd gan neb. Syllodd eto ar y porffor drwy'r ffenest. Yn sydyn, rhoddodd ei phaned ar y bwrdd nes i **fymryn** o'r te ddianc o'r myg. Rhedodd at y drws a **chamu** allan yn **sliperi** ei nain. Cododd ei llaw i **arbed** ei llygaid rhag yr haul wrth edrych tua'r awyr. Oedd, roedd yr aderyn yma'n enfawr.

sibrwd – *to whisper*	gweddill – *the rest of*
angor – *anchor*	noeth – *naked*
llithro – *to slip, to glide*	syllu – *to stare*
swatio – *to huddle up, to snuggle*	hynod – *remarkable*
cyfrinach – *secret*	mymryn – *a little bit*
barfog – *bearded*	camu – *to step*
bag-arbed-dŵr – *dry bag, waterproof bag*	sliperi – *slippers*
	arbed – *to protect*

"Oes **eryrod** ym Mhen Llŷn tybed?!" holodd ei hun, gan fod hi ddim yn gallu meddwl am enw unrhyw aderyn mawr arall. A dweud y gwir, roedd ei gwybodaeth am adar yn debyg i eryrod ym Mhen Llŷn … **prin**, prin iawn. Yr unig un roedd hi'n sicr ohono oedd y robin goch. Roedd pob un aderyn arall roedd hi'n weld yn **ditw tomos las** neu'n eryr, ac roedd yr aderyn yma yn sicr yn fwy o eryr na thitw.

Meddyliodd Ceri, wrth wylio'r aderyn mawr yn **gorffwyso** ar y gwynt, y basai'n syniad da iddi hi ddechrau 'gwylio adar'. Basai'n un o'r pethau basai hi'n gallu ddweud pan fasai rhywun yn holi am ei diddordebau – "Dw i'n hoffi gwylio **ffilmiau arswyd** a gwylio adar." Basai rhywun yn siŵr o wneud jôc am y ffilm *The Birds* a basai hi'n chwerthin yn ysgafn gan **esgus** fod hi erioed wedi clywed y jôc yna o'r blaen.

Cododd ei llaw i'r awyr ac **ymestyn am** yr aderyn. Doedd hi ddim yn disgwyl ei **gyffwrdd**, wrth gwrs, roedd yr aderyn yn hedfan yn **uwch** na **chopa**'r Garn. Ond cafodd Ceri **ysfa** i ymestyn a **dychmygu**. Tybed oedd ei nain wedi sefyll yn **yr union le**, yn yr union sliperi, yn gwylio'r union aderyn? Tarodd yr haul ar rywbeth **disglair** ar gopa'r Garn gan **fflachio**'n aur, a chlywodd Ceri lais ei nain yn ei **chof**:

eryr(od) – *eagle(s)*	uwch – *higher*
prin – *rare*	copa – *summit*
titw tomos las – *blue tit*	ysfa – *urge*
gorffwyso – *to rest*	dychmygu – *to imagine*
ffilm(iau) arswyd – *horror film(s)*	yr union le – *the exact spot*
esgus – *to pretend*	disglair – *bright*
ymestyn am – *to reach for*	fflachio – *to flash*
cyffwrdd – *to touch*	cof – *memory*

"Ti'n gweld? Yr haul yn taro **trysor** Garn Fadryn ydy hwnna."
Teimlodd Ceri fel plentyn eto yn **rhyfeddu** at yr aur.

Roedd ei nain wedi marw ers blwyddyn ac roedd hi wedi gadael ei chartre i Ceri, yr unig wyres oedd gynni hi. **Bwthyn** bach hen ffasiwn ar droed mynydd bychan o'r enw Garn Fadryn yng ngogledd Cymru. Doedd Ceri ddim yn siŵr sut i ymateb pan gafodd wybod fod gynni hi dŷ yn y wlad, a hi'n ferch y ddinas ar y pryd. Byw, gweithio, cymdeithasu – a'r tri pheth yna'n ffitio'n daclus rhwng swyddfa fodern, caffi coffi retro a thafarn oedd yn cynnal cwis Cymraeg bob nos Iau. Ond roedd ei bywyd wedi newid yn llwyr pan gollodd ei swydd a dim ond un lle oedd gynni hi i ddianc iddo ar ôl yr **helynt**.

"**Bwncath**!"

Neidiodd Ceri o'i **hatgofion** yn y ddinas wrth glywed Arfon drws nesa yn gweiddi arni o'r cae wrth gefn y tŷ.

"Sori?!" Doedd Ceri ddim yn siŵr iawn sut i ymateb i'r gair. Oedd o'n ei galw hi'n fwncath? Beth ydy bwncath?!

"Y bwncath!" **gwaeddodd** Arfon eto gan **bwyntio at** yr awyr.

Yna **sylweddolodd** Ceri mai bwncath oedd yr aderyn. **Goleuodd** rhan fach o'i **hymennydd**, roedd hi wedi dysgu rhywbeth.

"Oooo, o'n i'n meddwl mai bwncath oedd o ... anodd gweld yn iawn gyda'r haul mor gryf," meddai hi'n **gelwyddog** wrth Arfon.

trysor – *treasure*	gweiddi – *to shout*
rhyfeddu – *to be amazed at*	pwyntio at – *to point at*
bwthyn – *cottage*	sylweddoli – *to realise*
helynt – *bother, trouble*	goleuo – *to light up*
bwncath – *buzzard*	ymennydd – *brain*
atgofion – *memories*	celwyddog – *lying*

"Ew ia, mae 'na bâr wedi bod ar y Garn 'ma ers mod i'n cofio ... a **chyn hynny**, mae'n siŵr." Ond dim ond un roedd Ceri wedi gweld heddiw. "Sut mae dy fam?"

Roedd Arfon yn byw **ar draws** y cae. Roedd o wedi ei fagu yno ac yn cofio mam Ceri yn cael ei geni.

"Mae hi'n iawn, diolch. Dach chi'n iawn heddiw, Arfon? Dach chi'n brysur?"

"O ma' fy *cesspool* i yng ngwaelod y cae yma, a dw i'n meddwl fod 'na rywbeth wedi blocio'r peips rhywle fan hyn, felly ..."

Roedd Ceri yn gallu gweld ei fod wedi bod yno'n **tyllu** ers amser. Roedd hi hefyd yn gwybod fasai 'na ddim arogl pleserus iawn tasai hi'n mynd yn agosach ato, neu tasai'r gwynt yn chwythu'r ffordd arall.

"Wel, **daliwch ati!**" meddai trwy ei gwên cyn camu'n ôl am y tŷ. Brysiodd i gau'r drws pan glywodd hi Arfon yn dechrau holi:

"Gest ti'r **neges** am ddod i'r **pwyllgor** ...?"

Roedd y drws wedi cau cyn i Ceri glywed diwedd y cwestiwn.

cyn hynny – *before then*	dal ati – *to persevere*
ar draws – *across*	neges – *message*
tyllu – *to dig*	pwyllgor – *committee*

2

Roedd ei seithfed paned wedi oeri erbyn hyn. Felly rhoddodd hi yn y meicrodon, yr unig **declyn** tŷ yn y gegin oedd yn **perthyn iddi hi**. Roedd popeth arall, fwy neu lai, yn perthyn i'w nain. Cyn i'r popty-ping pingio daeth "iŵ-hŵ" o'r drws cefn. Mam, wedi '**galw heibio**', neu'n hytrach wedi 'dod i **fusnesu**'.

"Fi sy 'ma!"

Roedd mam Ceri yn **trotian** i bob man, a throtian i mewn i'r gegin wnaeth hi heddiw. Rhoddodd gusan i Ceri a mynd yn syth at y tegell i wneud paned.

"Wyt ti'n dal yn dy byjamas? Wyt ti isio panad?"

Roedd paned Ceri yn dal yn y meicrodon, wrth gwrs, ond doedd hi ddim isio agor y meicrodon i'w dynnu allan rhag ofn i'w mam weld fod gwir angen glanhau'r tu mewn. Ping! Roedd ei phaned yn barod.

"Be o'dd hwnna rŵan?" Edrychodd ei mam o gwmpas y gegin.

"O dim byd … ia, ga i banad plis," atebodd Ceri cyn i'w mam **gymryd mwy o sylw o**'r ping!

"Wel, wyt ti 'di dechra arni?" holodd ei mam.

"Ydw i'n edrych fel mod i wedi dechra arni?" atebodd Ceri **dan ei gwynt**, gan eistedd ar gadair ei nain wrth fwrdd ei nain yng nghegin ei nain.

teclyn – *gadget*	trotian – *to trot*
perthyn i – *to belong to*	cymryd mwy o sylw o – *to take more notice of*
galw heibio – *to call by*	
busnesu – *to nosey*	dan ei gwynt – *under her breath*

Oedd hi wedi 'dechrau arni' i **gael trefn ar** y tŷ a **gwagio rhyfaint** o bethau Nain? Ailbaentio, **ailddodrefnu, ailgarpedu, ailwampio** ac ail-wneud pob dim? Nag oedd siŵr. Roedd Ceri wedi dweud wrth ei mam, ers iddi ddod yno i fyw dair wythnos yn ôl, ei bod am 'ddechrau arni fory'. Ond doedd 'fory' byth yn cyrraedd. Roedd y dyddiau yn **llifo** heibio'n un afon frown o baneidiau, a Ceri'n gwneud dim ond meddwl am bopeth roedd hi wedi ei golli yn ystod y misoedd diwetha.

"Wel, wnei di ddim byd yn dy byjamas! Mi fasai dy nain yn troi yn ei **bedd**! Roedd hi wedi codi ac yn ei dillad gwaith, wedi gwneud tân yn barod erbyn chwech bob bore." Dechreuodd Mam ar ei **phregeth arferol**. Dyna pryd sylwodd Ceri ar y **bwced** wrth y drws yn llawn pethau glanhau. Sebon, menyg rwber, **cadachau, sachau bin** du. O na, meddyliodd, wrth i'w mam osod paned o'i blaen – roedd Mam wedi dod i 'helpu'.

"Dw i wedi dechra cael trefn ..." dechreuodd Ceri **amddiffyn** ei hun. "Dw i wedi creu tudalen ar yr ap *BeBndB* 'na wnes i sôn amdano." Gan fod Ceri wedi colli ei gwaith ... a'i ffrindiau, a'i bywyd cymdeithasol ... y bwriad oedd **atgyfodi**'r busnes gwely a brecwast bach oedd gan ei nain er mwyn cael ennill rhywfaint o arian. Roedd rhai o ffrindiau ei mam wedi dweud wrthi am werthu'r bwthyn – basai hi'n siŵr o gael pris da wrth ei hysbysebu fel ail gartre. Ond doedd Ceri ddim yn gallu meddwl gwneud hynny. Y bwthyn bach yma oedd yr unig beth da yn ei bywyd ar hyn o bryd ac roedd y lle'n llawn atgofion hapus.

cael trefn ar – *to put in order, to organise*	bedd – *grave*
	pregeth – *sermon*
gwagio – *to empty*	arferol – *usual*
rhywfaint – *some*	bwced – *bucket*
ailddodrefnu – *to refurnish*	cadach(au) – *cloth(s)*
ailgarpedu – *to re-carpet*	sach(au) bin – *bin bag(s)*
ailwampio – *to revamp*	amddiffyn – *to defend*
llifo – *to flow*	atgyfodi – *to revive, to resurrect*

"Ond dydy'r lle ddim yn barod, rŵan siŵr!" **gwichiodd** ei mam wrth glywed bod Ceri wedi dechrau hysbysebu'r 'gwely a brecwast'.

"Dw i'n gwybod hynny, jyst wedi dechrau setio fo fyny dw i. Does 'na ddim byd ond enw ar y dudalen rŵan. Dw i'n mynd i ychwanegu lluniau a **disgrifiad** ar gyfer gwerthu'r lle yn iawn pan fydd o'n barod 'de." Y **gwir** oedd bod cofrestru *'Gwely a Brecwast Rhos Fach BandB, Garnfadryn'* ar yr ap wedi bod yn gam cynta bach iawn. Ond roedd o wedi gwneud iddi deimlo ei bod hi wedi rhyw fath o 'ddechrau arni', achos roedd hi wir yn cael trafferth dod o hyd i'r **nerth** i wneud dim arall.

"Edrycha," meddai ei mam gan ddod â'r bwced o bethau glanhau at draed Ceri. "Dw i 'di dod â rhain i ti gael dechra. Fedra i ddim aros trwy'r prynhawn i helpu achos dw i wedi **addo** mynd i **gasglu sbwriel** efo Merched y Wawr ..." Diolch byth am Ferched y Wawr, meddyliodd Ceri, "... ond mae gen i rywfaint o amser rŵan i fynd trwy rai o bethau Mam efo ti."

A dyna ddigwyddodd. Ar ôl iddyn nhw orffen eu paned a sgwrs am **hwn a'r llall** o'r cymdogion, gan gynnwys Arfon a'i broblem *cesspool*, aeth y ddwy ati i 'ddechrau arni'.

gwichian – *to squeak*	addo – *to promise*
disgrifiad – *description*	casglu sbwriel – *to collect rubbish*
gwir – *truth*	hwn a'r llall – *this and that*
nerth – *strength*	

3

"O'n i'n meddwl newid y **llenni** 'na a **chael gwared ar** y gadair yna a rhoi **silffoedd** ar y wal gefn … "

"Ond fedri di ddim tynnu'r cyrtans 'na! Wariodd dy nain ffortiwn arnyn nhw. Maen nhw'n rhai da, mi fysan nhw'n **para** am flynyddoedd eto, sdi."

"Ma' isio i chi fynd â'r papura 'ma i gyd, Mam, a llosgi beth bynnag sydd ddim angen ei gadw."

"Faswn i ddim yn gwybod be 'di hanner nhw, jyst taclusa rywfaint arnyn nhw a fyddan nhw ddim yn y ffordd cymaint wedyn."

"O'n i'n meddwl gwerthu'r dodrefn yma ar *ebay*."

"Ond mi wyt ti angen bwrdd, siŵr."

Fel yna roedd y sgwrs yn mynd wrth i'r ddwy fynd o stafell i stafell yn trafod y gwaith. Roedd **rhwystredigaeth** yn tyfu fel **caseg eira** y tu mewn i Ceri. Roedd ei mam yn dweud bob munud fod angen iddi ddechrau cael trefn ar y tŷ, ac eto doedd dim byd roedd Ceri isio ei wneud yn ddigon da.

Camodd y ddwy i'r stafell ffrynt oer a thamp. Dyma rhan hyna'r tŷ, yr hen fwthyn **carreg**. Dyma'r stafell roedd ei nain yn ei **gosod** i **ymwelwyr** oedd yn dod i aros am noson neu ddwy. Roedd

llenni – *curtains*	caseg eira – *snowball*
cael gwared ar – *to get rid of*	carreg – *stone*
silffoedd – *shelves*	gosod – *to let*
para – *to last*	ymwelydd (ymwelwyr) – *visitor(s)*
rhwystredigaeth – *frustration*	

en suite bach wedi cael ei roi yng nghornel y stafell ac roedd golygfa fendigedig drwy'r ffenest oedd i'w gweld yn glir o'r gwely.

Roedd y carped **patrymog**, y waliau carreg gwyn a'r llenni trwm brown i gyd wedi **melynu**, ac roedd **tamprwydd** yn gorffwys ar yr **aer**, fel y bwncath **unig** ar y gwynt, meddyliodd Ceri.

"Wel, mae isio agor y ffenestri 'ma bob dydd," meddai ei mam cyn agor y ddwy ffenest **led y pen**.

Roedd y stafell yn **druenus**. Eisteddodd Ceri ar y gwely a'i glywed yn gwichian. **Suddodd** ei chalon wrth feddwl am y gwaith oedd ei angen i droi'r stafell yn rhywle braf i ddod i aros iddo. Tasai hi'n dod o hyd i **gist o aur** ella basai hi'n gallu **gwireddu** hynny. Roedd gan y stafell botensial. Roedd y to yn uchel a'r **distiau** gwreiddiol i'w gweld. Roedd y simdde fawr yn dal yno, ac roedd Ceri isio gallu rhoi **stof gysurus** yno a soffa fach yn y gornel lle roedd yr hen ddreser yn **gwgu**. Mae'n debygol iawn fod yna deulu o chwech wedi byw yn y bwthyn bychan yma rhyw bryd. Ond rŵan, dim ond darn bach ar ochr **estyniad** o'r chwedegau oedd o.

"Ychydig o aer a dillad newydd ar y gwely, a fydd y stafell 'ma ddim yn ddrwg …"

patrymog – *patterned*	cist o aur – *chest of gold*
melynu – *to become yellow*	gwireddu – *to make true, to substantiate*
tamprwydd – *dampness*	
aer – *air*	distiau – *beams, joists*
unig – *lonely*	stof – *stove*
lled y pen – *wide open*	cysurus – *cosy*
truenus – *pitiful*	gwgu – *to scowl*
suddo – *to sink*	estyniad – *extension*

"Wel mi fydd yn rhaid i mi gael rhywfaint o ymwelwyr i aros yma cyn fedra i **fforddio** gwario ar ddim. Ella fedra i gael llenni **ail-law** o rywle a chael gwared ar yr **hyllbetha** 'na!"

"Mi wna i ofyn i'r criw Merched y Wawr … w!" edrychodd Mam ar ei horiawr. Hi oedd yr unig berson roedd Ceri'n ei nabod oedd yn dal i wisgo oriawr. "Mae'n rhaid i mi fynd!"

Aeth Mam **ar drot** i roi ei chwpan de yn y sinc cyn gafael yn ei bag a'i chôt a mynd am y drws.

Roedd Ceri'n dal i eistedd ar y gwely gwichlyd yn dychmygu **rhwygo**'r carped hyll oddi ar y llawr. Yn sydyn, teimlodd ei ffôn yn **crynu** ar ei choes ym mhoced isel ei throwsus pyjamas.

Neges gan yr ap *BeBndB* yn dweud fod rhywun isio dod i aros. Mi wnaeth hi **gyffroi** … ymwelydd! Agorodd y neges a darllen yn ofalus, yna ailddarllen gan ei bod yn **amau** bod hi ddim wedi darllen yn iawn y **tro cynta**.

"Tair noson … cyrraedd … heno. Heno?!"

Rhedodd trwy'r gegin ac i'r drws cyn i'w mam yrru i ffwrdd.

"Maaaaam!!" sgrechiodd wrth daflu'r drws yn agored.

Doedd dim angen **rhuthro**, na gweiddi cymaint. Roedd ei mam yn sefyll reit tu allan i'r drws yn sgwrsio efo Arfon drws nesa.

"Nefi bliw, be sy'n bod? Wnest ti roi **braw** i mi!" meddai ei mam gan neidio.

"Mae 'na rywun wedi bwcio i ddod i aros … heno!"

fforddio – *to afford*	crynu – *to vibrate*
ail-law – *second-hand*	cyffroi – *to move, to excite*
hyllbetha – *ugly things, monstrosities*	amau – *to doubt*
	tro cynta – *first time*
ar drot – *to move quickly*	rhuthro – *to hurry*
rhwygo – *to tear*	braw – *fright*

"Ew, da iawn," meddai Arfon gan ei fod wedi **cymryd yn ganiataol** ei fod yn rhan o'r sgwrs, er ei fod o'n sefyll mewn cae arall wedi ei **drochi** mewn **cachu**!

Ond roedd **wyneb** mam Ceri yn rhannu'r un braw â Ceri ei hun. Doedd y lle ddim yn barod!

"Dydy hi ddim yn medru cael *visitors* a'r lle 'ma'n edrych fel 'ma, Arfon!"

"Sgynnoch chi set o ddillad gwely sbâr, Mam? Ewch chi i'w nôl nhw rŵan, plis?" Roedd Ceri wedi creu **cynllun** yn ei phen yn yr eiliadau o ruthro o'r gwely **gwichlyd** i'r drws.

"Iawn, a wna i ddod â phetha **ogla** da i roi yno. Ma' gen ti ddigon o bethau glanhau yn y bwced."

"Dw i am drio tynnu llenni neis Nain o'r stafell fyw a rhoi'r rheiny yno."

"Syniad da … mi wna i ddod â ryg bach i roi ar lawr hefyd."

Gwyliodd Arfon y ddwy, **yn debyg i'w gilydd**, yn ymateb i'r **her** heb **din-droi**. Cyn iddo fo ddeall yn iawn beth oedd yn digwydd, roedd Elinor, mam Ceri, yn ei char yn gyrru i ffwrdd a Ceri wedi **diflannu** yn ôl i'r tŷ. Ew, meddyliodd Arfon, roedd hi'n braf cael bywyd yn ôl yn yr hen le. Roedd o wedi **gweld isio** Ceridwen, nain Ceri. Roedd honno hefyd yn dipyn o ddynes, meddyliodd Arfon, cyn mynd yn ôl at ei **beipen ddrewllyd**.

cymryd yn ganiataol – *to take for granted*	yn debyg i'w gilydd – *alike*
	her – *challenge*
trochi – *to immerse*	tin-droi – *to dawdle*
cachu – *shit*	diflannu – *to disappear*
wyneb – *face*	gweld isio – *to long for, to miss*
cynllun – *plan*	peipen – *pipe*
gwichlyd – *squeaky*	drewllyd – *smelly*
ogla – *smell*	

4

Doedd Ceri ddim yn un i **fagio 'nôl** wrth wynebu her; dyna pam collodd hi ei swydd, ond doedd hi ddim am feddwl mwy am hynny rŵan. Basai hi wedi gallu canslo'r **archeb** ar yr ap *BeBndB* **yn syth bìn**, ond wnaeth hynny ddim croesi ei meddwl. Deffrodd rhyw **egni** ynddi pan gafodd hi'r **hysbysiad**. Roedd gweld rhywbeth ar sgrin wag ei ffôn fel cic yn ei phen-ôl. Arhosodd yn ei phyjamas a mynd yn syth i stripio'r gwely at y fatres gan wybod basai ei mam yn dod â phob peth oedd ei angen. Yna tynnodd y llenni – roedd hynny yn llawer haws nag roedd hi wedi ddychmygu.

Daeth â bwced o ddŵr poeth a sebon cryf ynddo i'r stafell a **gwasgu** ei dwylo i'r menyg rwber pinc cyn dechrau **sgwrio** popeth. Sgwriodd y blynyddoedd gwag o'r stafell nes roedd hi'n **chwys ddiferol**.

Camodd allan i'r awyr iach a hithau'n hwyr yn y prynhawn. Roedd Arfon wedi mynd erbyn hyn, ond roedd y bwncath yn dal yno, yn **hofran** ar ei ben ei hun.

Daeth ei mam yn ôl gyda llond y sedd gefn o **gwrlid** a **chlustogau** a dillad glân i'w rhoi ar y gwely. Aeth y ddwy ati i dynnu "llenni drud Nain" o'r stafell fyw a'u gosod yn stafell yr ymwelwyr gan rannu'r pâr rhwng y ddwy ffenest.

bagio 'nôl – *to back down*	sgwrio – *to scrub*
archeb – *order*	chwys ddiferol – *dripping with sweat*
yn syth bìn – *straight away*	
egni – *energy*	hofran – *to hover*
hysbysiad – *notification*	cwrlid – *duvet*
gwasgu – *to squeeze*	clustog(au) – *cushion(s)*

Diolch byth, roedd ei mam wedi bod i'r siop hefyd ac wedi dod â phopeth oedd ei angen arni i wneud brecwast i'r ymwelydd. Cafodd Ceri bleser mawr yn llenwi'r oergell a thacluso'r gegin. Roedd hi'n caru coginio ond heb fod ond heb fod isio gwneud fawr ddim ers symud i'r bwthyn.

Roedd Ceri wedi derbyn neges ar yr ap gan yr ymwelydd yn dweud bod o ddim yn cyrraedd nes iddi dywyllu. Roedd hynny wedi tynnu rhywfaint o'r **pwysau** oddi ar ei hysgwyddau, a chafodd amser i gael cawod, newid i ddillad glân a mynd allan i eistedd gyda phaned i wylio'r haul yn **machlud**. Roedd hi'n dawel, mor dawel. Meddyliodd Ceri fod hyn yn un o'i diddordebau – eistedd a mwynhau golygfa. Doedd hi ddim yn gallu rhoi rheswm pam bod hi ddim wedi gwneud mwy o hyn ers dod i'r bwthyn. Roedd hi'n gallu gweld y môr bob ochr i'r penrhyn. Roedd popeth **dynol** yn fach, fach … y tai, y lonydd, y ceir. Roedd ei nain wedi gweld hyn, a'i nain hi, a **phwy a ŵyr** pwy arall dros y canrifoedd oedd wedi edrych o Garn Fadryn tuag at ben draw'r byd.

pwysau – *weight*	dynol – *human*
machlud – *sunset*	pwy a ŵyr – *who knows*

5

Roedd Ceri wedi disgyn i gysgu ar y soffa wrth wylio'r teledu pan ddeffrodd yn sydyn. Edrychodd ar ei ffôn. Roedd sawl neges ar ei ffôn gan ei mam yn holi a oedd yr ymwelydd wedi cyrraedd. Doedd o ddim, ond roedd rhyw sŵn wedi ei deffro felly aeth at y drws. Roedd hi'n dywyll ond roedd y lleuad yn goleuo'r **buarth** bach. Yna clywodd sŵn – roedd rhywun yno.

"Helô?"

Clywodd y sŵn eto, a gwelodd farf yn camu o'r tywyllwch.

Pan gamodd y dyn i olau'r gegin sylwodd Ceri fod rhywbeth coch-biws wedi sychu ar ei wefusau. Fflachiodd **golygfa** o ffilm arswyd **waedlyd** o flaen llygaid Ceri cyn iddi wneud y **symudiad** mwya naturiol yn y byd a gafael yn y tegell.

"Mae'n ddrwg gen i am gyrraedd mor hwyr …"

Roedd y gŵr yn siarad yn dawel ac **addfwyn**, gan sefyll yn **gwrtais** wrth y drws a'i fag ar ei ysgwydd.

"Peidiwch â phoeni. Dewch i eistedd, wna i baned i chi. Te? Neu mae gen i camomeil." Roedd ei mam wedi meddwl am bopeth.

"Camomeil yn gampus, diolch," meddai'r gŵr, gan dynnu ei esgidiau a'u gadael y tu allan i'r drws a chamu yn ei sanau **trwchus** at fwrdd y gegin. Sylwodd Ceri ar y mwd ar ei esgidiau wrth iddo eu gosod yn ofalus y tu allan i'r drws.

"Dych chi wedi bod yn cerdded heddiw?"

"O, 'ti' – llai o'r 'chi'! Aneirin ydy'r enw, gyda llaw."

buarth – *yard*	addfwyn – *gentle*
golygfa – *scene*	cwrtais – *polite*
gwaedlyd – *bloody*	trwchus – *thick*
symudiad – *movement*	

"O ia … wrth gwrs. Ceri dw i. Croeso i Rhos Fach!"

Gwenodd Aneirin trwy ei farf ond sylwodd yn syth fod Ceri'n edrych yn go ryfedd ar ei wên. Tynnodd **hances boced** o'i **lawes** yn sydyn a sychu ei geg gan ymddiheuro.

"O, mae'n ddrwg gen i, mae **golwg** arna i, dw i'n siŵr! Brechdanau **mwyar duon**, ti'n gweld. Dw i wrth fy modd … a dyna oedd gen i yn fy mocs bwyd."

Mi wnaeth Ceri chwerthin yn gwrtais.

"Peidiwch â phoeni, siŵr."

Aeth yn ei blaen i wneud y te camomeil cyn dangos y stafell i Aneirin.

"Gewch chi ddefnyddio'r drws bach yna i fynd a dod os dach chi isio. Dim rhaid dod trwy ddrws y gegin," llithrodd y **cyfarwyddiadau** o geg Ceri'n weddol hawdd. Dyma'r **araith** fydd hi'n ddweud wrth bawb fydd yn dod i aros. "Os oes problem o gwbl gyda'r *en suite*, mae croeso i chi ddefnyddio fy stafell molchi i … jyst yr ochr draw i'r gegin. Dim ond eich bod yn cofio cnocio!!" meddai Ceri gyda gwên fach. Roedd hi'n teimlo bod angen rhywbeth ysgafn i orffen yr araith. Ond wnaeth Aneirin ddim gwenu, dim ond nodio ei ben yn **ddifrifol** iawn a dweud,

"Wrth gwrs, wrth gwrs." Roedd gan Aneirin ffordd annwyl a chwrtais iawn, meddyliodd Ceri. Ceisiodd ddyfalu beth oedd ei oedran. **Hŷn** na hi, meddyliodd.

Ar ôl eiliad o **chwithdod** rhyngddyn nhw, dywedodd Ceri "nos da" a'i adael yn ei stafell.

Pan oedd hi'n gorwedd yn ei gwely'r noson honno, yn methu â chysgu gan ei bod yn gwrando ar bob sŵn, meddyliodd Ceri amdano. Roedd o i'w weld yn ddigon caredig, ac roedd hi'n

hances boced – *handkerchief*	araith – *speech*
llawes – *sleeve*	difrifol – *serious*
golwg – *a state*	hŷn – *older*
mwyar duon – *blackberries*	chwithdod – *awkwardness*
cyfarwyddiadau – *directions*	

amlwg ei fod wedi cael diwrnod hir ac yn edrych ymlaen i gael gorffwys. Roedd rhywbeth rhyfedd amdano, ond doedd Ceri ddim yn gallu rhoi ei bys ar beth. Ei esgidiau i ddechrau – roedd o'n amlwg wedi bod yn cerdded ond wnaeth o **osgoi**'r cwestiwn yn llwyr pan wnaeth hi **holi** am hynny. Oedd gynno fo gar? Wnaeth hi ddim clywed sŵn car o gwbl, ond eto roedd hi'n cysgu pan gyrhaeddodd o. Roedd y frechdan mwyar duon yn ei tharo'n od hefyd ... ond pam? Pan oedd hi'n fach roedd hi wrth ei bodd yn casglu mwyar duon gyda ei nain ar hyd y lonydd cul o gwmpas Rhos Fach. Roedd hi'n cofio ei nain yn dweud wrthi mai dim ond i bobl leol roedd y mwyar duon yn **ymddangos**, a dyna pam roedden nhw'n aros nes diwedd yr haf cyn tywyllu'n barod i'w casglu. Yn sydyn, sylweddolodd Ceri beth oedd yn od am frechdan mwyar duon Aneirin.

"Does 'na ddim mwyar duon yr adeg yma o'r flwyddyn!" meddai hi o dan ei gwynt.

Roedd hi'n iawn. Roedd hi'n wanwyn yng Ngarn Fadryn a doedd y mwyar ddim yn cyrraedd nes diwedd Awst, **ar y cynharaf**.

osgoi – *to avoid*	ymddangos – *to appear*
holi – *to question*	ar y cynharaf – *at the earliest*

6

Y bore wedyn, cododd Ceri'n gynnar i ddechrau arni i wneud brecwast llawn i Aneirin. Roedd hi wedi anghofio ei holi beth oedd o isio i frecwast felly gwnaeth bopeth: paratoi ffrwythau, iogwrt, uwd, tost, bacwn a wyau (ffrio ac wedi sgramblo). Ffriodd domato hyd yn oed, gwnaeth goffi fresh a llond tebot o de. Roedd llestri blodeuog hyfryd ei nain yn ddel ar y bwrdd, ac roedd Ceri yn falch o gael **esgus** i ddefnyddio'r tebot bach hyfryd am y tro cyntaf. Wrth gwrs, roedd hi erbyn hyn wedi yfed tair mygiad yn barod ac wedi cael un coffi bach peth cynta yn y bore hefyd, er bod hi ddim wir yn hoffi coffi. Ond doedd hi ddim wedi cysgu'n dda neithiwr ac wedi codi'n gynnar iawn i wneud yn siŵr fod popeth yn ei le.

Doedd dim sôn am Aneirin. Roedd hi'n eitha sicr ei fod dal yn ei wely felly cadwodd hi'r bwyd yn gynnes a'r ffrwythau a'r iogwrt yn yr oergell. Bwytodd hi'r uwd ei hun achos basai hwnnw wedi troi'n goncrit ymhen munudau.

Diflannodd holl egni a **chyffro**'r bore i lawr y **draen** gyda'r te tebot oedd fel **triog**. Doedd dim sŵn o stafell Aneirin ac roedd hi bron yn ddeg o'r gloch. Ond roedd Ceri'n benderfynol o beidio â'i ddeffro. Os oedd pobl ar eu gwyliau roedd gynnyn nhw **hawl**

esgus – excuse	triog – *treacle*
cyffro – *excitement*	hawl – *right*
draen – *drain*	

i aros yn eu gwely trwy'r dydd. Felly penderfynodd fynd i daflu ychydig o'r crystiau a **briwsion** allan o flaen drws y gegin er mwyn gweld yr adar bach yn dod am fwyd.

Eisteddodd yn dawel bach wedyn gyda phaned yn ei dwylo, yn gwylio'r adar bach yn neidio'n **betrusgar** yn **nes** ac yn nes cyn hedfan i ffwrdd eto **mewn chwinciad**. O'r diwedd daeth un aderyn **dewr** yn nes na'r un o'r lleill, a rhyfeddodd Ceri wrth ei wylio. Ond yn sydyn, fel **corwynt** swnllyd, rhuthrodd Aneirin i'r gegin gan ddychryn yr aderyn bach i ffwrdd. Neidiodd Ceri ar ei thraed yr un mor gyflym.

Roedd Aneirin yn sefyll yn ei drôns yng nghanol y gegin yn edrych o'i gwmpas. **Rhewodd** Ceri. Roedd gynni hi ofn symud a'i **ddychryn** o, yn union fel roedd hi wedi bod ofn dychryn yr aderyn bach. O'i weld yn ei drôns, tybiodd Ceri fod Aneirin yn ieuengach nag roedd hi wedi ei feddwl. Roedd ei farf wedi ychwanegu rhai blynyddoedd at ei gorff **heini**. Daliodd ei lygaid, ac o fewn eiliad roedd ei ysgwyddau wedi **llacio** ac fe glywodd Ceri **anadliad o ryddhad**.

"O mae'n ddrwg gen i ... doedd gen i ddim syniad lle roeddwn i am rai eiliadau nawr."

"Mae'n iawn, siŵr." Roedd hi'n **amlwg** i Ceri nad oedd o wedi sylweddoli ei fod yn dal yn ei drôns.

"Roedd ddoe yn ..." stopiodd Aneirin ar ganol y frawddeg i chwilio am y gair. "... yn hir." Yna gwelodd ei goesau noeth

briwsion – *crumbs*	rhewi – *to freeze (fig.)*
petrusgar – *faltering*	dychryn – *to frighten*
nes – *closer*	heini – *fit*
mewn chwinciad – *suddenly, in an instant*	llacio – *to relax*
dewr – *brave*	anadliad o ryddhad – *a sigh of relief*
corwynt – *whirlwind*	amlwg – *obvious*

wrth edrych i lawr. Neidiodd gan godi ei freichiau ar draws ei gorff, ac **er** bod Ceri ddim yn gallu gweld ei wyneb i gyd o dan ei farf drwchus roedd hi'n gallu gweld bod ddim llawer o liw ar ei fochau. Teimlodd hi rywbeth yn **cosi** ei **bochau** hi. O na, meddyliodd, paid â chwerthin Ceri.

Diolch byth, diflannodd Aneirin yn ôl i'w stafell cyn iddi **golli rheolaeth** ar ei chwerthin. Adeg yma ddoe, roedd hi yn ei phyjamas ar y soffa yn **stelcian** ei 'ffrindiau' yn y ddinas ar *Facebook* ac yn gobeithio bod y swyddfa lle roedd hi'n arfer gweithio wedi **llosgi'n ulw**. Ond heddiw, roedd hi'n rhedeg busnes gwely a brecwast yng nghefn gwlad Cymru ac roedd hi wedi gweld ei hymwelydd cyntaf yn ei drôns, er bod o ddim ond wedi bod yno ers 12 awr.

Tra oedd Aneirin yn ymolchi a gwisgo aeth Ceri ati i ail baratoi'r brecwast a'i osod fel **gwledd** ar y bwrdd, a **berwodd** hi'r tegell eto.

"Does gen i ddim mwyar duon yn anffodus!" **Mentrodd grybwyll** y mwyar duon.

"Mwyar duon?" Edrychodd Aneirin arni'n **amheus**, yn amlwg doedd o ddim yn siŵr am beth roedd hi'n sôn.

"Ie, brechdanau mwyar duon. Wnest ti sôn neithiwr ac roedd dy geg yn biws …" meddai Ceri'n ansicr ac fel tasai Aneirin newydd gofio.

Chwarddodd. "O ie, siŵr! Fy **ffefryn**."

er – *even though*	berwi – *to boil*
cosi – *to tickle*	mentro – *to dare*
bochau – *cheeks*	crybwyll – *to mention*
colli rheolaeth – *to lose control*	amheus – *dubious*
stelcian – *to stalk someone*	chwarddodd – *he / she laughed*
llosgi'n ulw – *to burn to cinders*	ffefryn – *favourite*
gwledd – *feast*	

Roedd Ceri isio dweud wrtho nad oedd hi'n dymor mwyar duon ond doedd hi ddim isio swnio fel ei bod yn ei **gyhuddo** o **ddweud celwydd**.

"O'ch chi'n gwybod fod un lle arbennig yng Nghymru lle mae 'na fwyar duon rownd y flwyddyn?"

"Nac o'n i wir … lle?"

"**Ynys Afallon** … ond does neb yn siŵr ble mae Ynys Afallon, nag oes!" Roedd ganddo wên **hurt** ar ei wyneb. Oedd Ceri i fod i ddeall am beth roedd o'n sôn? Sut oedd hi **i fod i** ymateb i hyn? Ynys Afallon? Rhywbeth i'w wneud efo'r Brenin Arthur? Ceisiodd wenu ac esgus ei bod hi'n deall y jôc … os mai jôc oedd hi.

"Ond ym … ia … dw i'n rhewi mwyar pob blwyddyn … er mwyn cael brechdan mwyar duon pryd bynnag dw i isie," meddai o, fel tasai o'n **difaru** dweud dim am Ynys Afallon.

Roedd Aneirin yn amlwg yn gymeriad **unigryw**, ac roedd Ceri yn hoff o'i ffordd od. Cyn i Ceri gynnig gadael llonydd iddo fwyta'i frecwast a rhoi rhyw esgus ei bod hi angen camu allan i'r ardd i wneud rhywfaint o dacluso, **mynnodd** Aneirin ei bod yn cael paned efo fo.

"Mae'n braf cael cwmni," meddai. Doedd Ceri ddim yn gallu anghytuno gyda hynny. Roedd hi'n teimlo fel person cwbl newydd heddiw ar ôl wythnosau o **ddiflasu ar** ei phen ei hun yn y bwthyn yn meddwl am ei nain, ei gwaith, ei ffrindiau a'i **methiant llwyr** i wneud unrhyw beth yn iawn yn ei bywyd.

cyhuddo – *to accuse*	difaru – *to regret*
dweud celwydd – *to tell lies*	unigryw – *unique*
Ynys Afallon – *the Island of Avalon*	mynnu – *to insist*
	diflasu ar – *to be bored of*
hurt – *foolish, silly*	methiant llwyr – *complete failure*
i fod i – *supposed to*	

"Ro'n i'n meddwl mynd i gerdded i ben y Garn heddiw. Wyt ti wedi bod?"

Teimlodd Ceri fod hwn yn gwestiwn gwirion i rywun oedd yn byw ar droed y mynydd. Wrth gwrs ei bod wedi bod. Ond yna, **ystyriodd**, doedd hi heb fod i ben y Garn ers iddi ddod i fyw i Rhos Fach. Oedd, roedd hi wedi bod **droeon** pan oedd hi'n blentyn ac roedd hi'n siŵr ei bod wedi bod yr haf diwetha pan ddaeth hi i aros at ei nain am wythnos i edrych ar ei hôl er mwyn i'w mam gael mynd i'r Eisteddfod. Ond os oedd hi'n cofio'n iawn, dim ond aros ar y copa'n ddigon hir i dynnu selffi i'w bostio ar *Instagram* wnaeth hi bryd hynny.

"Do, sawl gwaith, mae'n hyfryd," atebodd Ceri'n daclus.

Yna'n **annisgwyl** holodd Aneirin, "Falle byddet ti'n hoffi dod gyda fi heddiw?"

Syllodd Ceri arno. Oedd hyn yn rhywbeth arferol i'w wneud gydag ymwelydd gwely a brecwast?

"Ymmm ..."

"Galli di fod fel tywysydd ... *tour guide*?"

Doedd Ceri ddim wir yn meddwl fod angen tywysydd i fynd i ben Garn. Roedd y llwybr yn eithaf hawdd i'w ddilyn, doedd o ddim yn fryn **heriol** iawn, ac ar yr eiliad honno, allai hi ddim meddwl am ddim byd diddorol i'w ddweud am y mynydd bach.

Ond roedd llygaid Aneirin yn llawn o'r awyr las ac roedd hynny'n ei gwneud hi'n hapus, felly **pam lai**? Aethon nhw'n syth ar ôl brecwast gan fod bron i hanner y dydd wedi mynd.

ystyried – *to consider*	heriol – *challenging*
troeon – *several times*	pam lai? – *why not?*
annisgwyl – *unexpected*	

7

Pan gamodd y ddau allan o'r tŷ, dyna pryd roedd Ceri'n gwybod bod gan Aneirin ddim car.

"Does gen ti ddim car?" holodd.

"Nag oes," meddai o gyda gwên heb esbonio, a wnaeth Ceri ddim holi mwy. Dechreuodd y ddau gerdded ar hyd y lôn i gyfeiriad y llwybr i gopa'r Garn.

Sylwodd Ceri ar y bwncath uwch ei phen eto. Roedd gynni hi gwmni erbyn hyn. Sylwodd Aneirin arni'n syllu ar y pâr **godidog** yn hedfan yn **bleth** rhwng ei gilydd.

"Maen nhw'n hyfryd," meddai Aneirin. Doedd yr un o'r ddau wedi dweud dim wrth ei gilydd ers tro.

"Ydyn, maen nhw," meddai Ceri drwy **giledrych** ar Aneirin yn sydyn cyn ychwanegu "... dw i'n hoffi gwylio adar."

Ddywedodd Aneirin ddim byd, ond gwenu arni.

"S'mae, Ceri?" Daeth bloedd o un o'r caeau. Arfon Drws Nesa, oedd yn edrych fel tasai o'n treulio'r rhan fwyaf o'i ddyddiau yn y caeau, ond diolch byth doedd o ddim yn gachu i gyd y tro hwn.

"Iawn diolch, Arfon." Taflodd Ceri ei llais i hedfan ar y gwynt cyn sylwi bod Aneirin wedi tynnu ei gap i lawr yn is dros ei lygaid. Rhwng y cap a'r farf roedd hi'n anodd gweld ei wyneb. Cododd ei law i gyfeiriad Arfon ond wnaeth o ddim edrych. Oedd hynny'n od? holodd Ceri iddi hi ei hun.

"Am fynd i ben Garn dach chi?"

"Ia." Doedd Ceri ddim wir isio cario 'mlaen gyda'r sgwrs gan fod Aneirin yn dal i gerdded. "Fi ydy'r *tour guide*!"

---

godidog – *outstanding*   ciledrych – *to glance*
pleth – *plait*

"Cofia di sôn fod 'na gastell wedi bod ar y Garn a bod Gerallt Gymro ei hun wedi sôn amdano!"

Roedd Ceri'n teimlo **cywilydd** yn syth fod hi ddim yn gwybod hynny. Ond dyna ni, does neb ar y blaned yn gwybod mwy am Garn Fadryn nag Arfon.

"Siŵr o wneud!" Aeth Ceri ar drot ar ôl Aneirin achos doedd o ddim wedi **arafu** ei gamau o gwbl. Ond diolchodd am hynny wrth iddi glywed Arfon yn galw ar ei hôl, "Hanner awr 'di wyth ma pwyllgor y steddfod yn cyfarfod yn y festri heno!"

Roedd hi'n ddigon pell i esgus bod hi ddim wedi ei glywed. Mentrodd Ceri holi rhywfaint ar Aneirin.

"Felly, Aneirin … o le wyt ti'n dod?"

"O, wel, dw i'n gofyn hynna wrtha i fy hun pob dydd."

Chwarddodd Ceri'n ysgafn gan gofio ei mam yn gofyn sawl tro "o le ddest ti wir, Ceri fach?" pan oedd hi'n gwneud y pethau bach od roedd hi'n licio eu gwneud pan oedd hi'n fach. Pethau fel casglu llond ei phocedi o gerrig a **phridd**, mynnu cael eistedd o dan y bwrdd i fwyta unrhyw ffrwyth, mynnu bod yn rhaid i bob stori ddechrau gydag "amser maith yn ôl …". Ar ôl i'w meddwl hi grwydro, sylweddolodd fod Aneirin wedi osgoi ateb y cwestiwn a bod y cyfle i'w holi eto, rhywsut, wedi pasio.

"Wnest ti ffeindio Rhos Fach yn iawn neithiwr, do?" holodd Ceri, gan obeithio y basai'n esbonio sut roedd o wedi cyrraedd.

"Do diolch, roedd y pin wnest ti hala draw ar y ffôn yn help. Wnes i gael bws i … wel, dw i ddim yn siŵr lle wnaeth o fy **ngollwng** i a dweud y gwir, ond wnes i allu cerdded gweddill y daith at y tŷ."

"Mi faswn i wedi dod i dy nôl di …"

Sylwodd Ceri ei bod hi allan o wynt mwyaf sydyn. Doedden nhw heb gyrraedd y mynydd yn iawn eto ond roedd hi'n cofio

cywilydd – *to feel ashamed*	pridd – *dirt*
arafu – *to slow dow*	gollwng – *to drop, to drop off*

bod rhan gynta'r daith yn anoddach bob tro. Roedd y llwybr yn **serth** iawn at y giât gyntaf. Yna roedd y llwybr yn haws nes cyrraedd yn agosach at y copa.

Roedd gynni hi rywfaint o gywilydd bod hi ddim wir yn gallu dal ati i sgwrsio a chadw at dempo'r cerdded roedd hi wedi ei **osod**. Roedd Aneirin yn cerdded y tu ôl iddi a doedd hi ddim isio iddo sylweddoli ei bod hi'n gorfod arafu. Doedd hi ddim yn clywed ei **anadlu** chwaith. Yna meddyliodd amdano yn ei drôns a **chydnabod** ei fod yn llawer mwy heini na hi.

Stopiodd Ceri wrth y giât fach oedd yn arwain i'r mynydd gan **droi am 'nôl** a phwyntio at yr olygfa.

"Mae'r olygfa yn wych, hyd yn oed o fan hyn," meddai, gan **annog** Aneirin i droi oddi wrthi i fwynhau'r olygfa fel y basai hi'n gallu **cael ei gwynt ati**. Trodd am eiliad cyn troi 'nôl ac edrych ar y mynydd.

"Hyfryd iawn … ffordd hyn ie?" meddai Aneirin, gan gerdded heibio Ceri a **brasgamu** ar hyd y llwybr am gopa'r Garn.

Roedd Ceri'n gorfod canolbwyntio tipyn ar gamu'n gyflym ar hyd y llwybr cul ar ei ôl. Roedd y **rhedyn** at ei hysgwyddau yn ambell le ond roedd hi'n siŵr fod Aneirin wedi dechrau cerdded yn gyflymach. Ar ôl tipyn, wrth iddyn nhw gyrraedd y **tir gwastad** oedd yn agos at gopa'r bryn, **heblaw am** y graig olaf, arafodd Aneirin a throi i siarad â Ceri.

"Dwedest ti dy fod yn arfer dod i fyny fan hyn i chwarae pan oeddet ti'n blentyn?"

serth – *steep*	cael ei gwynt ati – *to catch her breath*
gosod – *to set*	
anadlu – *to breathe*	brasgamu – *to stride*
cydnabod – *to acknowledge*	rhedyn – *fern*
troi am 'nôl – *to turn back*	tir gwastad – *flat land*
annog – *to encourage*	heblaw am – *except for*

"Do …" meddai Ceri, gan ddiolch ei fod wedi stopio.

"Beth oeddet ti'n chwarae?"

Roedd o wedi stopio'n stond ar ganol y llwybr i holi hyn. Pam fasai fo ddim yn dal ati rhywfaint bach a dringo'r graig er mwyn iddyn nhw gael eistedd i lawr i sgwrsio?

"Ymmm, dw i ddim yn cofio. Cuddio, dringo, **hel llus**, chwarae castell, chwarae Brenin Arthur …"

"Chwarae Brenin Arthur?"

Roedd hi'n amlwg fod gan Aneirin ddiddordeb mawr yn y syniad o 'chwarae Brenin Arthur', a meddyliodd Ceri'n syth am Ynys Afallon a'r mwyar duon.

"Ia …" meddai hi, gan gerdded heibio Aneirin ac **anelu at** un o'r cerrig mawr oedd ar droed y graig olaf i'w dringo. Roedd hi angen eistedd i lawr.

"Roedd Nain yn arfer deud fod y Brenin Arthur wedi bod ar Garn Fadryn ac wedi codi ei **wersyll** ar y copa 'ma."

"Mae hynny'n **gwneud synnwyr** …" **torrodd Aneirin ar ei thraws**. "Basai wedi gallu gweld am filltiroedd, tir a môr."

"Basai, mae'n siŵr. Wel, roedd Nain yn dweud ei fod o wedi defnyddio un o'r cerrig mawr fflat 'na … ti'n gweld?"

Pwyntiodd Ceri i ganol y **grug** ar y tir gwastad. Roedd dwy neu dair o gerrig mawr yn gorwedd **yma ac acw**.

"Roedd hi'n arfer dweud fod y Brenin Arthur wedi defnyddio un o'r rheina fel bwrdd."

Roedd Aneirin yn astudio'r cerrig yn y **pellter** yn ofalus.

"Pa un?" holodd.

"Pa un?" ymatebodd Ceri i gadarnhau'r cwestiwn od.

hel – *to collect*	torri ar ei thraws – *to cut across her*
llus – *bilberries*	
anelu at – *to aim for*	grug – *heather*
gwersyll – *camp*	yma ac acw – *here and there*
gwneud synnwyr – *to make sense*	pellter – *distance*

"Ie ... pa garreg wnaeth e ddefnyddio?"

"Ymmm ... dw i ddim yn siŵr. O'n ni'n defnyddio pob un **yn ei thro** i chwarae ac i gael picnic. Ond y stori fawr oedd fod o wedi gadael trysor o dan un ohonyn nhw. Wrth gwrs, wnaethon ni drio symud y cerrig sawl gwaith!"

"Ond wnaethoch chi ddim **llwyddo** ..." meddai Aneirin heb edrych arni gan gamu'n araf trwy'r grug tuag at un o'r cerrig.

"Wel, plant oedden ni! A diolch byth bod ni wedi methu."

Trodd Aneirin yn ôl ati a chodi ei **aeliau i gwestiynu** ei **hymateb**.

"Wel ... trysor Brenin Arthur ydy o, ac yn ôl y sôn roedd y Dewin Myrddin wedi rhoi **swyn** ar y garreg, a tasai rhywun heblaw am Arthur yn ei chodi, basai storm ofnadwy yn taro ac yn **llyncu**'r mynydd a'r bobl."

Roedd Aneirin yn syllu arni erbyn hyn. Syllodd yn hir ac fel roedd Ceri yn dechrau teimlo'n annifyr, cododd aderyn o'r grug wrth draed Aneirin nes iddo gael braw. **Baglodd** a glanio ar ei ben-ôl. Roedd rhaid i Ceri chwerthin wrth ei weld yn disgyn am 'nôl a'i wyneb yn llwyd wedi cael ofn.

Roedd o'n aderyn eitha mawr, lliw **cochlyd**. Cododd i'r awyr yn wyllt. Doedd o ddim yn edrych fel fod o'n gallu hedfan ond yn edrych mwy fel tasai rhywun wedi ei daflu. Disgynnodd yn ôl i ganol y grug yn ddigon pell o Aneirin. Roedd yn rhaid iddi ddarllen mwy am adar, meddyliodd Ceri, cyn codi i **roi help llaw iddo**. Roedd o'n chwerthin hefyd erbyn hyn.

yn ei dro (ei thro) – *in turn*	llyncu – *to swallow*
llwyddo – *to succeed*	baglu – *to trip*
aeliau – *eyebrows*	cochlyd – *reddish*
cwestiynu – *to question*	rhoi help llaw i – *to give a helping hand to*
ymateb – *reaction*	
swyn – *spell*	

Dringodd y ddau'r rhan olaf ac eistedd ar y copa a theimlo'r gwynt yn eu clustiau. Roedd Ceri wedi rhoi fflasg o de yn ei bag. **Cynigiodd** ychydig i Aneirin ond gwrthododd o – roedd ganddo fflasg o rywbeth ei hun, te mwyar duon. Doedd Ceri erioed wedi clywed am hynny, ond gwrthododd ei gynnig am **lymaid**.

"Ydw i'n gweld **Ynys Enlli?**" holodd Aneirin a'i lygaid yn ymestyn dros y penrhyn.

"Wyt. Copa Mynydd Enlli."

Na, doedd Ceri ddim wedi bod yma ers oesoedd. Doedd hi ddim wedi eistedd i lawr ac edrych ar y byd i gyd o gopa'r Garn ers blynyddoedd. Roedd Aneirin yn gallu **synhwyro** hynny ond ddywedodd o ddim. Eisteddodd y ddau mewn **tawelwch cyfforddus**.

cynnig – *to offer*	synhwyro – *to sense*
llymaid – *draught, sip*	tawelwch – *silence*
Ynys Enlli – *Bardsey Island*	cyfforddus – *comfortable*

8

Dywedodd Aneirin fod o am grwydro rhywfaint ar y mynydd ac ella mynd i fyny'r Garn Fach hefyd pan ddechreuodd Ceri fynd yn ôl adre. Diolchodd hi, yn ddistaw bach. Roedd hi isio gallu mwynhau'r daith tuag at i lawr ar ei phen ei hun ar ei chyflymder ei hun.

Ar y ffordd, roedd yn gallu gweld Rhos Fach a gwelodd gar wrth y tŷ. Mam. Roedd Ceri wedi bod yn meddwl am faint fasai ei mam yn gallu aros draw cyn dod i fusnesu a gweld sut roedd pethau'n mynd gyda'r ymwelydd cynta.

Roedd ei mam wedi clirio a golchi llestri'r brecwast, ac er bod hynny'n help mawr i Ceri roedd hefyd wedi **mynd o dan ei chroen hi** rhywfaint. Doedd hi ddim isio i'w mam feddwl bod hi ddim yn gallu bod yn drefnus.

"Wel …?" Dyna gwestiwn cynta ei mam. Wrth gwrs, roedd ei mam yn gwybod bod Ceri wedi mynd i gerdded gyda'r ymwelydd gan fod Arfon Drws Nesa wedi dweud wrthi. Rŵan, roedd ei mam isio gwybod popeth amdano.

"O le mae o'n dod 'ta? Beth mae o'n wneud? Ydy o'n briod? Pam fod o ar ei ben ei hun? Ydy o wedi bod yn yr ardal o'r blaen? Cerddwr ydy o?"

Er mawr syndod i'w mam, doedd Ceri ddim yn gallu ateb dim un o'r cant a mil o gwestiynau. Doedd ei mam ddim yn medru credu bod Ceri ddim wedi ei holi am y pethau pwysig yma.

---

mynd o dan ei chroen hi – *to get under her skin*

er mawr syndod i – *to his/her astonishment*

Wnaeth Ceri ddim sylwi **cyn lleied** roedd hi'n wybod am y dyn oedd yn aros yn ei thŷ hi, a dweud y gwir, ond doedd hynny ddim yn beth od iddi hi. Roedd o ar ei wyliau. Doedd o ddim angen iddi hi fusnesu yn ei fywyd.

Daliodd ei mam ati i dacluso a thwtio heb feddwl. Roedd Ceri yn gallu maddau iddi wrth ei gwylio'n **sythu**'r llestri'n **dyner** ar y **ddresel** fawr. Ei chartre hi oedd hwn, **wedi'r cyfan**, ac roedd y lle'n llawn o'i mam hi ei hun.

"Hei, glywaist ti? Mae 'na rywun wedi dwyn cwch o Ynys Enlli."

"Be?" Yn wahanol i'w mam, doedd Ceri ddim yn rhan o **rwydwaith hel straeon** yr ardal felly doedd hi heb glywed y newyddion.

"Mi fydd o'n siŵr o fod ar y newyddion heno. Rhywun wedi dwyn cwch o Ynys Enlli, ond be sy'n rhyfadd ydy bod 'na neb oedd ar yr ynys ar y pryd wedi diflannu."

"Be' dach chi'n feddwl?"

"Wel, roedd pawb sy'n byw a gweithio yno yn dal yno, ac roedd pob un o'r ymwelwyr oedd wedi mynd i'r ynys y diwrnod hwnnw'n dal yno hefyd."

"Ella bod y cwch wedi **dod yn rhydd** ac wedi cael ei gario gan y dŵr."

"Wel, na," aeth Mam yn ei blaen yn llawn **rhyfeddod** wrth ddweud y stori. "Daethon nhw o hyd i'r cwch yn saff wedi ei **angori** ym Mhorth Meudwy. Mae'r peth yn **ddirgelwch llwyr**."

cyn lleied – *so little*	hel straeon – *to gossip*
sythu – *to straighten*	dod yn rhydd – *to become free*
tyner – *gentle*	rhyfeddod – *amazement*
dresel – *dresser*	angori – *to be anchored*
wedi'r cyfan – *after all*	dirgelwch llwyr – *complete mystery*
rhwydwaith – *network*	

Roedd hynny'n beth rhyfedd, meddyliodd Ceri. **Gŵglodd** y stori'n syth a daeth sawl peth i fyny ar *twitter*. Roedd rhywun yn sôn am gar oedd wedi cael ei ddwyn o Borth Meudwy ac wedi ymddangos yn Nefyn.

Ymhen hir a hwyr, gyda'i mam yn edrych drwy'r ffenest **bob yn ail** munud a siarad am fynd i'r ganolfan arddio, dwedodd ei mam fod yn rhaid iddi fynd.

"Fedra i ddim aros am y dyn 'ma drwy'r dydd!"

Chwarddodd Ceri wrthi hi ei hun, dyna Mam wedi cydnabod bod hi'n dod yno i fusnesu! Diolchodd Ceri iddi am ei help i gael y lle'n barod ac am glirio'r brecwast, ac aeth Mam i'r car a gadael.

Aeth Ceri 'nôl i edrych trwy ei ffôn a darllen mwy am ddirgelwch y cwch. Ond o fewn dau neu dri **sgrôl** o'r sgrin daeth rhywun i'r drws. Aneirin.

"Aneirin!" Neidiodd Ceri rhywfaint wrth ei weld.

"Pwy oedd 'ma?" holodd. Doedd ond munudau oedd wedi mynd ers i fam Ceri adael.

"O … Mam! Mae hi'n galw pob dydd."

Edrychodd Aneirin dros ei ysgwydd yn amheus cyn tynnu ei esgidiau a chamu i'r tŷ.

"Panad?" holodd Ceri gan godi at y tegell.

Welodd Ceri ddim llawer o Aneirin am weddill y dydd. Roedd wedi cau ei hun yn ei stafell. Er bod hi ddim wedi gweld rhyw lawer ohono trwy'r prynhawn, roedd yn braf gwybod ei fod yno rhywsut. Doedd Ceri ddim yn gallu gorwedd a gwylio'r teledu fel roedd hi'n arfer wneud. Roedd hi'n teimlo fel dylai hi wneud rhywbeth, rhag ofn iddo ymddangos o'i stafell, fel basai hi'n gallu dweud rhywbeth mwy diddorol na "gwylio *Murder, She Wrote*" … tasai o'n gofyn beth roedd hi'n wneud!

| gŵglo – *to google* | bob yn ail – *every other* |
| ymhen hir a hwyr – *eventually* | sgrôl – *scroll* |

Felly aeth hi allan i'r ardd. Roedd ei mam yn iawn, wrth gwrs, roedd angen iddi **alw** yn y ganolfan arddio er mwyn prynu ambell beth i dacluso rhywfaint ar yr ardd. Fel y camodd hi allan, clywodd ddau nodyn yn llenwi'r **awel**. **Y gwcw**! Rhoddodd ei llaw yn ei phoced yn syth. Roedd gynni hi ychydig o geiniogau, diolch byth. Roedd ei nain yn arfer dweud wrthi pob gwanwyn i gadw **newid** mân yn ei phoced rhag ofn iddi glywed y gwcw. "Os oes gen ti bres yn dy bocad pan wnei di glywed y gwcw, mi gei di flwyddyn **lewyrchus**!" Daeth **llif o atgofion** plentyndod yn ôl i Ceri wrth gofio fel oedd hi'n clywed y gwcw'n glir yn Rhos Fach ac fel basai hi a'i nain yn **ceisio eu gorau glas** i'w gweld. Doedd hi ddim yn cofio hynny cyn yr eiliad honno. Roedd hi wedi bod yn 'gwylio adar' pan oedd hi'n fach felly ac roedd hi'n nabod y gwcw … wel, ei **galwad** hi **o leia**.

galw – *to call*	llif o atgofion – *a wave of memories*
awel – *breeze*	
cwcw – *cuckoo*	ceisio eu gorau glas – *to try their very best*
newid mân – *loose change*	
llewyrchus – *prosperous*	galwad – *call*
	o leia – *at least*

9

Y noson honno, daeth Aneirin i'r stafell fyw. Roedd Ceri wedi egluro iddo bod hi'n meddwl rhoi teledu yn y stafell wely rhyw ddiwrnod, ond bod gynni hi ddim arian i wneud hynny ar hyn o bryd. Felly tasai o isio gwylio'r teledu gyda'r nos, basai croeso iddo fo ddod i'r stafell fyw. Dwedodd gelwydd wrtho fod hi ddim yn gwylio llawer o deledu, dim ond gwylio'r newyddion weithiau. Dwedodd o fod o ddim yn gwylio'r teledu chwaith, fod yn well gynno fo ddarllen.

Ond y noson honno, daeth i'r stafell fyw.

"Meddwl gwylio'r newyddion gyda ti," meddai'n gwrtais.

"O ie, faint o'r gloch ydy hi?!" Gadawodd Ceri ei rhaglen am dditectifs fforensig a'i droi i S4C i gael y newyddion. A dweud y gwir, roedd hi isio gwylio'r newyddion go iawn heno i weld a oedd 'na fwy o sôn am y cwch o Ynys Enlli.

Eisteddodd y ddau ar y soffa gan wasgu mor agos ag roedden nhw'n gallu i ddau ben y soffa **oddi wrth ei gilydd**. Pan ddechreuodd y **gohebydd** sôn am Ynys Enlli daeth Aneirin ymlaen rhywfaint yn y sedd.

"Wnaeth Mam sôn am hyn. Mae'n anhygoel …" meddai Ceri, gan godi'r **sain** ar y teledu.

"Dywedodd Gwenda Huws, perchennog y cwch a rheolwr y cwmni sy'n trefnu teithiau ymwelwyr i'r ynys, fod neb arall ar yr ynys ar y pryd hwnnw, **hyd y gwyddai hi**. Mae'r ffaith fod car wedi ei ddwyn o faes parcio Porth Meudwy hefyd yn **cadarnhau** fod

---

oddi wrth ei gilydd – *away from each other*	hyd y gwyddai hi – *as far as she knew*
gohebydd – *reporter*	cadarnhau – *to confirm*
sain – *sound*	

rhywun yn **drwgweithredu**. *Mae'r car wedi ei **ganfod** yn Nefyn ac mae'r heddlu yn gweithio ar y theori fod cwch arall wedi casglu'r **unigolyn** o fan'no. Ond does dim sicrwydd achos does dim un **llygad-dyst** wedi dod mlaen. Mae'r heddlu yn galw ar unrhyw un a welodd unrhywbeth amheus yn y llefydd canlynol i gysylltu ...*"

"Mae'n rhaid bod 'na rywun arall ar yr ynys, yn doedd? Pam faset ti'n dwyn cwch wedyn ei adael o, dwyn car a'i adael o ... sut aeth y person yma i Enlli yn lle cynta? Mae'r stori 'ma'n mynd y fwy rhyfedd bob munud."

"Oeddet ti'n gwybod fod rhai pobl yn dweud fod y Brenin Arthur wedi cael ei **gladdu** ar Enlli? Maen nhw'n dweud mai Ynys Enlli ydy Afallon," meddai Aneirin gan ddal i edrych ar sgrin y teledu ond gyda'i feddwl yn rhywle arall.

"Ymmm ..." Roedd meddwl Ceri'n chwilio am ymateb i'r cwestiwn annisgwyl. "Dw i'n meddwl mod i wedi clywed hynny o'r blaen. Mae'n syniad reit cŵl pan ti'n meddwl amdano fo, ein bod ni wedi bod ar ben Garn yn cael picnic ar un o'r cerrig hefyd!" Ceisiodd godi gwên ar wyneb difrifol Aneirin.

"Ond mae rhai yn dweud bod o wedi mynd yno i wella a'i fod o wedi cael ei gladdu yn rhywle arall."

Edrychodd Aneirin i lygaid Ceri. Roedden nhw'n llawn bywyd ac **angerdd**, meddyliodd.

Cododd Aneirin ar ei draed a diflannu i'w stafell. Doedd Ceri ddim yn siŵr iawn a oedd o am ddod 'nôl. Yna'n sydyn, ymddangosodd yn y drws eto yn gwisgo ei gôt a bag ar ei gefn.

"Oes gen ti unrhyw fath o *tools*?"

Edrychodd Ceri arno'n hurt.

"Beth wyt ti'n feddwl?"

drwgweithredu – *to behave illegally*	llygad-dyst – *eye-witness*
	claddu – *to bury*
canfod – *to discover, find*	angerdd – *passion*
unigolyn – *individual*	

Llyncodd Aneirin ei **boer** cyn dweud y geiriau nesa. "Dw i'n mynd i ben Garn Fadryn a dw i angen **offer** tyllu … a rhywbeth i godi carreg go fawr. Ga i fynd i'r sied 'na sydd gen ti, os gweli di'n dda?"

"Wel, cei … ond … pam rŵan? Mae hi'n hwyr." Doedd gan Ceri ddim syniad sut i ymateb ac a dweud y gwir, doedd gynni hi ddim syniad a oedd gynni hi unrhyw fath o offer tyllu na chodi cerrig yn y sied fechan yn yr ardd. Pethau ei nain a'i thaid.

"Dw i'n gwybod bod hyn yn rhyfedd iawn."

Ddim rhyfedd oedd y gair, meddyliodd Ceri. Roedd Aneirin wedi **colli ei bwyll** yn llwyr os oedd o am fynd i ben Garn yn y nos i dyllu! Ond doedd hi ddim yn gallu peidio â holi …

"Ydy hyn yn rhywbeth i wneud efo Brenin Arthur?"

Roedd hi wedi gweld lliw ei lygaid yn goleuo pan wnaeth hi sôn am y Brenin Arthur ar gopa'r Garn. Roedd yn amlwg fod gynno fo ryw fath o obsesiwn, yn un o'r *conspiracy theorists* 'ma. Roedd hi wedi gwylio llawer o **raglenni dogfen** am y math yma o syniadau. Ond roedd ei gyffro wedi deffro rhywbeth ynddi hithau hefyd.

"Iawn," meddai hi. "Mi wna i ddod efo ti." Cododd a gwisgo esgidiau cerdded a chôt gynnes. Roedd hi'n noson glir, braf. Basai'n **antur**, meddyliodd.

poer –*saliva, spit*	rhaglenni dogfen – *documentaries*
offer – *equipment*	
colli pwyll – *to lose one's mind*	antur – *adventure*

10

Cerddodd y ddau mewn tawelwch am sbel. Roedd hynny'n braf a hawdd, a dweud y gwir. Roedd hi'n amlwg fod gan Aneirin bethau **dwys** iawn ar ei feddwl a doedd Ceri ddim yn gallu **gwadu** fod gynni hi deimlad bach o ofn. Cyn dechrau cerdded, roedd Ceri ac Aneirin wedi mynd i'r sied fach yng ngwaelod yr ardd ac wedi canfod ambell beth fasai'n gallu eu helpu.

"Unrhyw beth cryf gyda choes hir," oedd cyfarwyddiadau Aneirin.

Rŵan, roedd Ceri'n cerdded gyda hen **fforch** arddio ei thaid a rhaw fawr, neu "shefl" fel roedd hi'n cofio ei nain yn ddweud. Roedd gan Aneirin **gasgliad** o offer yn ei fag ar ei gefn. Roedd y bag yn edrych yn drwm ond doedd hynny ddim yn **amharu ar** ei gamau **sionc**.

Unwaith eto, roedd yn rhaid i Ceri gael ei gwynt ati wrth y giât fechan i'r mynydd. Aeth Aneirin yn ei flaen, ond roedd yn rhaid i Ceri stopio. Anadlodd yn ddwfn ac edrych tuag Enlli eto. Dim ond **awgrym** o **amlinelliad** mynydd y Rhiw oedd hi'n weld wrth iddi nosi a goleuadau bach yn **pefrio** fel trysorau yn yr haul.

Roedd cysylltiad, roedd hynny'n amlwg iddi – cysylltiad rhwng Enlli, Aneirin, Garn Fadryn a'r Brenin Arthur. Oedd hi'n dechrau datblygu theori bach ei hun? Erbyn i Ceri droi i ddechrau cerdded eto, doedd hi ddim yn gallu gweld Aneirin. Gwasgodd olau bach ar ei ffôn a gweiddi.

dwys – *intense*	sionc – *sprightly, lively*
gwadu – *to deny*	awgrym – *suggestion*
fforch – *fork*	amlinelliad – *outline*
casgliad – *collection*	pefrio – *to twinkle*
amharu ar – *to impair*	

"Aneirin?"

Ond roedd o wedi mynd yn ei flaen heb edrych dros ei ysgwydd. Roedd ei feddwl ar y copa. Meddyliodd Ceri am droi 'nôl a mynd adre ond roedd yr antur a'r dirgelwch yn ormod iddi. Edrychodd ar ei ffôn, oedd, roedd digon o fatris. Aeth yn ei blaen gan gyflymu ei chamau i geisio dal Aneirin.

Buodd hi'n cerdded am bron i hanner awr **heb glywed siw na miw**, dim ond ambell **dylluan** yn y pellter a'i hanadlu **trwm** ei hun. Daeth y lleuad o'r tu ôl i gwmwl a'i golau yn llachar. Roedd hi'n gallu gweld siâp y graig **o'i blaen** yn glir wrth iddi **agosáu at** y tir gwastad wrth y copa. Yna sylwodd – roedd hi'n gallu clywed **sŵn tuchan** a metel yn taro rhywbeth caled.

"Aneirin?" galwodd eto, yn fwy hyderus y tro hwn. Roedd hi'n gallu gweld siâp ei gorff yn erbyn lliw glas **dwfn** yr awyr. Roedd o'n tyllu.

"Tyrd yma … dw i angen y *tools*!"

Aeth Ceri'n syth tuag ato gan **straffaglu**. Trodd ei throed wrth iddi gamu i dywyllwch y grug a'r cerrig.

"Awwww!" meddai.

Cododd Aneirin ei ben yn llawn **pryder**.

"Wyt ti'n iawn?"

"Ydw, ydw …" atebodd Ceri gan gochi rhyw faint o sylweddoli fod Aneirin wedi poeni amdani am eiliad. Roedd ei throed yn iawn. Rhoddodd y rhaw fawr a'r fforch arddio iddo fo. Dyna pryd sylweddolodd Ceri fod hi'n sefyll wrth un o'r cerrig enfawr gwastad roedd hi'n arfer chwarae Brenin Arthur arni pan oedd hi'n fach.

heb glywed siw na miw – without hearing a sound	sŵn tuchan – a grumbling, moaning sound
tylluan – owl	dwfn – deep, dark
trwm – heavy	straffaglu – to struggle to do something
o'i blaen – in front of her	
agosáu at – to get closer to	pryder – anxiety, worry

Rhoddodd Aneirin y fforch a'r rhaw bob ochr i'r garreg drom gan eu gwthio mor ddwfn â phosib o dan y graig.

"Dwyt ti ddim wir yn mynd i drio codi'r garreg 'ma?"

"Ti ddwedodd fod 'na drysor yma."

"Be? Stori ydy honno, siŵr ... chwedl ... o'n i'n meddwl dy fod wedi dallt hynny!"

"Ond dw i'n credu'r stori! Dw i'n eitha siŵr fod **Wynebgwrthucher** wedi ei chladdu 'ma."

"Be?" Doedd Ceri erioed wedi clywed y gair yna o'r blaen, heb sôn am wybod beth oedd o'n ei feddwl. "Wyneb pwy?!"

"Wynebgwrthucher ... **tarian** y Brenin Arthur. Dw i'n credu ei bod wedi ei chladdu yma ... i amddiffyn pobl yr ardal am iddyn nhw fod mor garedig yn **gwarchod** y brenin a'i wella pan wnaeth o gael ei **anafu** yn ei frwydr olaf ym Mhorth Cadlan, ddim yn bell o Aberdaron ..."

"Wow wow wow ... Be? Sut wyt ti'n gwybod hyn i gyd?"

Roedd Aneirin yn rhy brysur yn tyllu a cheisio gwthio'r fforch mor ddwfn ag oedd o'n medru i ateb.

Dyna pryd sylweddolodd Ceri fod y nos yn teimlo'n dywyllach. Cododd ei phen i chwilio am y lleuad a'r sêr unwaith eto. Ond doedd **dim sôn amdanyn nhw**. Roedd 'na **haen** ddu o gymylau yn eu **gorchuddio**.

"Aneirin ..." mentrodd dynnu ei sylw at yr awyr ond roedd o'n rhy brysur.

"... a dw i'n eitha siŵr mai hon ydy'r garreg achos pan wyt ti'n eistedd wrth hon, yr ochr yma, rwyt ti'n gweld tuag at Fae Ceredigion yn glir ac rwyt ti'n gallu gweld Eryri ... Dw i'n meddwl basai Arthur isio edrych ffordd 'na ..."

Wynebgwrthucher – *(the name of King Arthur's shield)*	anafu – *to wound*
	dim sôn amdanyn nhw – *no sign of them*
tarian – *shield*	
gwarchod – *to guard, to watch over*	haen – *layer*
	gorchuddio – *to cover*

Dechreuodd Ceri glywed sŵn isel, fel **rhuo llew** ymhell i ffwrdd.

"Tyrd, **pwysa i lawr ar** y goes 'ma," meddai Aneirin, heb sylwi fod 'na newid yn yr aer.

Gwnaeth Ceri fel roedd o'n ei ddweud.

---

rhuo llew – *lion's roar*   pwyso i lawr ar – *to press down on*

11

I lawr wrth droed y llwybr, roedd y festri yn gwagio a'r cyfarfod pwyllgor hir drosodd. Roedd Arfon a Delilah yn sefyll wrth y drws yn sgwrsio am y posibilrwydd o gael rhywun o Sir Fôn i **feirniadu**'r **llefaru** pan deimlodd Arfon **ddafn** o law ar ei **war**.

"Nefi … dw i'n siŵr ei bod hi am fwrw," meddai gan sychu ei war ac edrych tua'r **nefoedd**.

"Doedd hi ddim yn addo glaw chwaith," atebodd Delilah, oedd yn gwylio'r tywydd ar S4C bob nos. Wrth iddi edrych i fyny, dyma hi'n dechrau **bwrw hen wragedd a ffyn** – fel **ymosodiad** ar y pwyllgor bach wrth ddrws y festri. Rhedodd rhai at eu ceir a chamodd ambell un arall yn ôl i'r festri bach.

"**Arglwydd mawr**, o le ddaeth hyn?!" **Ebychodd** Arfon wrth wasgu gyda Delilah Pen Pwll i ddrws y festri at Nansi Lôn a'i merch. Fflachiodd **mellten** ar draws yr awyr wrth iddyn nhw **gysgodi**.

"Ooooo naaaa …" sibrydodd Nansi wrth **glymu** sgarff am ei phen.

beirniadu – *to adjudicate*	ymosodiad – *attack*
llefaru – *recitation*	Arglwydd mawr – *Good Lord*
dafn – *drop*	*(an exclamation)*
gwar – *nape of the neck*	ebychu – *to exclaim*
nefoedd – *heavens*	mellten – *lightning*
bwrw hen wragedd a ffyn –	cysgodi – *to shelter*
lit. 'raining old ladies and sticks'.	clymu – *to tie*
Welsh idiom meaning 'heavy rain'	

Tywalltodd y glaw ar Garn Fadryn a **tharanodd** y llewod yn y cymylau. Roedd Ceri'n gwthio coes y rhaw fawr a'r glaw wedi ei **gwlychu at ei chroen**. Gwaeddodd ar Aneirin.

"Brysia, alla i ddim dal …"

Roedd Aneirin yn gorwedd gyda'i fraich o dan y garreg drom yn ceisio clymu **rhaff** amdani.

Roedd **cyhyrau** Ceri yn crynu wrth iddi geisio dal yr **hollt** rhwng y garreg a'r **ddaear** yn agored. Ond wrth i Aneirin lwyddo i dynnu'r rhaff oddi tani tarodd mellten y ddaear wrth ei hochr a syrthiodd yn ei ôl gan daro Ceri i'r llawr. Craciodd coes y rhaw a chaeodd y garreg yr hollt. **Gostegodd** y storm rhywfaint ac arafodd y glaw. Brysiodd Aneirin i afael yn Ceri.

"Wyt ti'n iawn?"

"Ydw," meddai hi'n **ddiamynedd** gan ei wthio i ffwrdd wrth godi.

"Dw i ddim yn meddwl fod hyn yn syniad da iawn, Aneirin … **cyd-ddigwyddiad** rhyfedd iawn bod storm yn taro pan symudodd y garreg. Dyna'n union ddeudodd Nain fasai'n digwydd."

"Ond Ceri, falle bod y trysor yma'n **gliw** arall."

"Cliw? Am be ti'n fwydro? Jôc ydy hyn i gyd, ia? Rhyw raglen deledu yn **tynnu coes**? Oes 'na rhywun yn ffilmio hyn i gyd?" Edrychodd Ceri o'i chwmpas … er bod hi ddim wir yn credu ei geiriau ei hun.

tywallt – *to pour*	daear – *earth*
taranu – *to thunder*	gostegu – *to subdue, to grow calm*
gwlychu at y croen – *to soak to the skin*	diamynedd – *impatient*
	cyd-ddigwyddiad – *coincidence*
rhaff – *rope*	cliw – *clue*
cyhyrau – *muscles*	tynnu coes – *to pull one's leg*
hollt – *crack, split*	

"Mae trysorau'r Brenin Arthur i gyd yn gliwiau i ddweud ble mae o … ble mae o wedi cael ei gladdu … un o **ddirgelion** mwya ein hanes ni! Ac mae'r storm yn cadarnhau bod ni'n gywir!"

Dim ond glaw mân oedd rŵan ond roedd pob dafn yn glynu wrth wallt a **chroen** a dillad Ceri. Dechreuodd yr **oerfel gydio** ynddi.

"Tyrd," meddai Aneirin gan afael yn y rhaff a gosod ei draed yn erbyn carreg arall oedd yn y ddaear. "Tyrd! Dan ni'n gallu gwneud hyn, dim ond symud y garreg … tynnu'r darian allan a gwthio'r garreg yn ôl sydd ei angen, byddwn ni wedi llwyddo cyn i'r storm **waethygu**."

dirgelion – *mysteries*	cydio – *to grasp*
croen – *skin*	gwaethygu – *to worsen*
oerfel – *cold*	

12

Yn y festri, roedd Arfon, Delilah, Nansi a'i merch wedi **cilio** o'r drws ac yn gwrando ar y glaw.

"Dim ond cawod oedd hi, mae hi wedi pasio rŵan," meddai Arfon. Roedd Nansi yn **welw**, roedd yn gas gynni hi storm. "Dw i'n siŵr fedrwn ni fentro allan rŵan."

"Cerdded wnest ti, Arfon? Wyt ti isio i mi dy ollwng di adre?"

Cyn i Arfon fedru ateb Delilah daeth taran arall. Sgrechiodd Nansi gan **eistedd ar ei chwrcwd** ar lawr a'i merch yn rhoi ei braich amdani i geisio ei **chysuro**.

"Wneith Mam ddim gadael os ydy hi'n fellt a tharanau … wnaeth hi ddim ond dod efo fi achos bod y boi tywydd wedi deud ei bod hi am fod yn braf am ddyddiau."

"Wel ia, dyna oedden nhw'n addo. Fedra i ddim dallt y peth o gwbl. Wnawn ni aros yma am 'chydig. Mi fedra i neud panad bach i ni yn y gegin." Aeth Delilah i wneud paned ac aeth Arfon i edrych allan drwy'r drws wrth glywed y glaw trwm yn dod i lawr eto.

cilio – *to retreat*	eistedd ar ei chwrcwd – *to crouch*
gwelw – *pale*	cysuro – *to console*

13

Roedd Ceri ac Aneirin wedi tynnu gyda'u holl nerth ac fe lithrodd y garreg fawr o'i lle gan agor twll go fawr. Ond rhwygodd yr awyr wrth i'r garreg symud.

Roedd Ceri'n crynu gan ofn, cyffro ac oerfel ond roedd Aneirin yn gwbl glir ei feddwl wrth neidio ar ei fol wrth y twll a rhoi ei ddwylo i mewn.

Rhuodd **taran** uwch eu pennau ac roedd Ceri'n gallu gweld mellt yn goleuo'n ddwfn yn y cymylau. Roedden nhw'n llachar, llachar, fel tasai golau dydd yn taro am hanner eiliad.

"Mae 'na **fflachlamp** yn fy mag," gwaeddodd Aneirin a gwelodd Ceri'r bag ar lawr wrth i fellten arall oleuo'r grug. Roedd y glaw yn drwm, fel **dyrnau** bach yn erbyn ei hysgwydd. **Daeth o hyd i**'r fflachlamp a'i thaflu i Aneirin. Gafaelodd o ynddi a goleuo'r **ogof** fechan o dan y garreg.

"Oes 'na rywbeth yna?" gwaeddodd Ceri drwy'r gwynt.

"Dw i ddim yn siŵr …" Ceisiodd Aneirin daflu ei lais yn ôl ati ond doedd hi ddim yn gallu clywed. Roedd cymaint o law fel bod Ceri yn teimlo fel tasai ei chlustiau yn llawn dŵr. Ceisiodd fynd tuag at Aneirin ond roedd **cryfder** y gwynt wedi codi.

taran – *thunder*	dod o hyd i – *to find, to discover*
fflachlamp – *torch*	ogof – *cave*
dyrnau – *fists*	cryfder – *strength*

14

Syllodd Arfon ar yr afon o ddŵr yn rhuthro i lawr o'r mynydd ar hyd y llwybr yn syth am ddrws y festri. Roedd y glaw yn cael ei ddal yn yr iard o flaen y drws a lefel y dŵr yn codi. Caeodd y drws a bloeddio ar Delilah.

"Oes 'na **fagiau tywod** yma?" Ac aeth yn syth i chwilio drwy gypyrddau'r festri. Doedd o ddim isio codi mwy o ofn ar Nansi a'i merch, ond roedd llif y dŵr yn gryf a doedd o ddim yn meddwl basai posib gadael. Yn sydyn clywodd sŵn **cracio dychrynllyd** a sgrech o'r gegin yn y cefn. Rhuthrodd yno. Roedd Delilah ar ei phen-ôl ar lawr.

"Ooooo Arfon, dw i'n siŵr fod un o'r coed wedi ei tharo gan fellten yn y cefn 'ma ... sŵn dychrynllyd!" Cododd Delilah yn **ffwdan** i gyd. Ceisiodd Arfon agor drws y cefn ond roedd y goeden wedi disgyn ar ei draws, mae'n rhaid.

bagiau tywod – *sandbags*	dychrynllyd – *terrible, frightful*
cracio – *to crack*	ffwdan – *fuss*

15

Llwyddodd Ceri i gyrraedd Aneirin a gorweddodd hi ar ei bol wrth ei ymyl.

"Fan'na," meddai gan bwyntio golau'r fflachlamp ar **damaid o aur** yn sbecian o'r pridd fel enfys yng nghanol storm. Tamaid bach o drysor tipyn mwy oedd wedi ei gladdu … Wynebgwrthucher, meddyliodd Ceri. Tarian y Brenin Arthur.

Roedd Aneirin wedi tynnu ei hun o dan y garreg ac yn ymestyn mor bell ag oedd o'n gallu i gyffwrdd blaen ei fys ar y tamaid aur.

"Mae'n rhaid i i ni dyllu mwy!"

Ond yn sydyn, dechreuodd y twll lenwi efo dŵr ac roedd y pridd yn troi'n feddal, feddal.

"Tyrd o'na, Aneirin … tyrd o'na …" Ceisiodd Ceri dynnu ar ei fraich ond roedd o'n mynnu ymestyn yn bellach a phellach o dan y garreg. Yna, teimlodd Ceri y ddaear yn ysgwyd, a chododd ei phen i weld y cerrig a'r creigiau oedd ar y copa yn cael eu hollti gan fellt. Daeth tamaid enfawr o graig yn **rhydd** gan rolio'n wyllt i lawr y mynydd tua'r pentre.

"Aneeeiiiriiiiiin!" sgrechiodd Ceri wrth i'r gwynt a'r glaw roi **cweir** iawn iddi.

Synhwyrodd Aneirin y braw yn ei llais ac roedd o'n gwybod ei fod wedi colli'r cyfle. Dechreuodd y trysor suddo o'r golwg eto. Yna clywodd Ceri yn bloeddio geiriau a roddodd **ias** iddo …

"Mae'r garreg yn symud … mae hi'n cau'r twll! Aneirin!"

---

tamaid o aur – *a piece of gold*   cweir – *a hiding, a thrashing*
rhydd – *free*   ias – *shiver*

Ceisiodd Aneirin wthio'i gorff allan ond roedd o'n gallu teimlo pwysau trwm ar ei frest. Roedd y garreg yn ei wasgu … doedd o ddim yn gallu symud. "Ceri!" Ymestynnodd ei law i chwilio'n wyllt am unrhyw **achubiaeth** wrth iddo deimlo un o'i **asennau** yn cracio a'i wyneb yn suddo i'r mwd. Yna, fel iddo deimlo ei **anadl** yn cael ei wasgu o'i gorff daeth **rhyddhad**. Heb feddwl ddwywaith tynnodd ei hun o'r twll a chlywodd Ceri yn rhuo fel storm wrth iddi roi ei holl nerth yn erbyn y garreg er mwyn **rhyddhau** Aneirin. Gollyngodd Ceri ei hun i'r llawr a chaeodd y garreg y twll yn glep.

Tawelodd y gwynt a diflannodd y glaw. Tawelodd y rhuo a diffoddodd y mellt. Llyncodd y nos y storm a rhoi gwên o sêr disglair a winc o leuad lachar dros gopa Garn Fadryn.

"Wynebgwrthucher … Wynebgwrthucher …" roedd Aneirin yn sibrwd a chwerthin. Doedd o ddim yn gallu credu ei fod wedi cyffwrdd â tharian y Brenin Arthur. Doedd Ceri ddim yn gallu peidio â chwerthin chwaith. Roedd rhywbeth mwy na dim ond gwaed yn pwmpio trwy ei **gwythiennau** hi wrth iddi orwedd yn y grug gwlyb yn syllu ar y sêr.

Cafodd y ddau dipyn o drafferth dod i lawr o'r mynydd. Roedd y storm wedi gwneud **llanast** a'r ddaear yn wlyb. Roedd y llwybr wedi llithro. Roedd y mynydd wedi newid.

Yn nhawelwch y nos, dim ond clywed dŵr yn rhedeg oedden nhw nes iddyn nhw gyrraedd rhan ola'r llwybr tuag at y festri ac yna clywon nhw leisiau'n canu. Canu emyn oedd yn **gyfarwydd** iawn i glustiau Ceri, er bod hi ddim yn gallu cofio'r geiriau.

achubiaeth – *salvation*	rhyddhau – *to release, to free*
asennau – *ribs*	gwythiennau – *veins*
anadl – *breath*	llanast – *mess*
rhyddhad – *relief*	cyfarwydd – *familiar*

"Bobol bach, gwranda, Aneirin … lleisiau'r **gorffennol**," meddai Ceri gan godi ei llygaid eto tua'r awyr. Ond roedd Aneirin wedi camu at ddrws y festri a'r dŵr at ei bengliniau.

"Na Ceri, dw i'n credu bod rhai o dy gymdogion yn sownd yn y festri …"

Tarodd calon Ceri fel bricsen ar waelod ei stumog. Ei chymdogion? Dyna pryd sylweddolodd hi go iawn ar y llanast roedd y glaw mawr a'r dŵr o'r mynydd wedi'i wneud. Aeth **ton o euogrwydd** drosti. Beth oedden nhw wedi'i wneud? Aeth yn syth tuag at y festri a galw, "Arfon? Arfon?"

---

gorffennol – *past*   ton o euogrwydd – *a wave of guilt*

16

Y bore ar ôl y storm, roedd pobol Garn wedi codi fel pob bore arall a mynd ati'n **ddi-gŵyn** i glirio'r llanast. Aeth Ceri ac Aneirin â'r offer tyllu hefyd i glirio'r llwybr ac i helpu. Roedd Aneirin yn gwisgo ei gap yn isel ond gwnaeth Ceri ymdrech ychwanegol i sgwrsio a chyd-weithio. Roedd hi'n ceisio **lleddfu** ychydig ar ei **chydwybod** heb ddweud dim am beth ddigwyddodd go iawn ar y mynydd.

Wnaeth y ddau ddim siarad yn iawn am y noson honno nes roedd hi'n amser i Aneirin **ffarwelio**.

"Mae mwy o drysorau i'w darganfod rŵan," meddai wrthi, ac roedd Ceri **ar dân** isio iddo aros iddi gael dysgu mwy. Roedden nhw, wedi'r cyfan, wedi **profi** fod yr hen stori yn wir. Roedd Garn Fadryn yn lwmp o hanes a **hud a lledrith**. "Bydd rhaid i ti drafod mwy gydag Arfon … mae o'n gwybod llawer o'r hanes."

"Pa ffordd wyt ti'n mynd rŵan? Wyt ti isio i mi fynd â ti i rywle?" holodd Ceri.

"Na, na. Dw i am gerdded. Mae 'na lwybr yr holl ffordd i Abersoch, yn does? Mi wna i fynd y ffordd yna i ddechre," ac i ffwrdd â fo.

Rhoddodd Ceri y radio 'mlaen ar ôl i Aneirin fynd, ac eistedd gyda phaned tu allan i ddrws agored y gegin yn haul cynnes y gwanwyn.

"… ac yn olaf, mae **diweddariad** wedi dod i law gan Heddlu Gogledd Cymru sy'n chwilio am unigolyn wnaeth adael car, oedd

di-gŵyn – *uncomplaining*	ar dân – *very eager* (lit. 'on fire')
lleddfu – *to soothe, to allay*	profi – *to prove*
cydwybod – *conscience*	hud a lledrith – *magic*
ffarwelio – *to bid farewell*	diweddariad – *update*

wedi ei ddwyn o Borth Meudwy ger Aberdaron, yn Nefyn rai dyddiau yn ôl. Mae'n debyg bod llygad-dyst wedi dod ymlaen i ddweud iddyn nhw weld dyn barfog yn gadael yr ardal lle roedd y car wedi ei barcio ac yn cerdded ar hyd Llwybr y Morwyr sy'n croesi'r penrhyn, drwy ardal Garn Fadryn, yr holl ffordd i Abersoch ..."

Tagodd Ceri ar ei phaned gan godi ar ei thraed ac edrych tuag at y lôn i gyfeiriad llwybr Aneirin. Ond welodd hi ddim, dim ond dau fwncath yn dawnsio ar y gwynt.

---

tagu ar – *to choke on*

Geirfa

achubiaeth – *salvation*
addfwyn – *gentle*
addo – *to promise*
aeliau – *eyebrows*
aer – *air*
agosáu at – *to get closer to*
angerdd – *passion*
angor – *anchor*
angori – *to be anchored*
ailddodrefnu – *to refurnish*
ailgarpedu – *to re-carpet*
ail-law – *second-hand*
ailwampio – *to revamp*
amau – *to doubt*
amddiffyn – *to defend*
amharu ar – *to impair*
amheus – *dubious*
amlinelliad – *outline*
amlwg – *obvious*
anadl – *breath*
anadliad o ryddhad – *a sigh of relief*
anadlu – *to breathe*
anafu – *to wound*
anelu at – *to aim for*
annisgwyl – *unexpected*
annog – *to encourage*
antur – *adventure*
arafu – *to slow down*
araith – *speech*
arbed – *to protect*
archeb – *order*
ar dân – *very eager (lit. 'on fire')*
ar draws – *across*
ar drot – *to move quickly*

arferol – *usual*
Arglwydd mawr – *Good Lord (an exclamation)*
ar y cynharaf – *at the earliest*
asennau – *ribs*
atgofion – *memories*
atgyfodi – *to revive, to resurrect*
awel – *breeze*
awgrym – *suggestion*

bag-arbed-dŵr – *dry bag, waterproof bag*
bagiau tywod – *sandbags*
bagio 'nôl – *to back down*
baglu – *to trip*
barfog – *bearded*
bedd – *grave*
beirniadu – *to adjudicate*
berwi – *to boil*
bob yn ail – *every other*
bochau – *cheeks*
brasgamu – *to stride*
braw – *fright*
briwsion – *crumbs*
buarth – *yard*
busnesu – *to nosey*
bwced – *bucket*
bwncath – *buzzard*
bwrw hen wragedd a ffyn – *lit. 'raining old ladies and sticks'. Welsh idiom meaning 'heavy rain'*
bwthyn – *cottage*

cachu – *shit*
cadach(au) – *cloth(s)*
cadarnhau – *to confirm*
cael ei gwynt ati – *to catch her breath*
cael gwared ar – *to get rid of*
cael trefn ar – *to put in order, to organise*
camu – *to step*
canfod – *to discover, find*
carreg – *stone*
caseg eira – *snowball*
casgliad – *collection*
casglu sbwriel – *to collect rubbish*
ceisio eu gorau glas – *to try their very best*
celwyddog – *lying*
ciledrych – *to glance*
cilio – *to retreat*
cist o aur – *chest of gold*
claddu – *to bury*
cliw – *clue*
clustog(au) – *cushion(s)*
clymu – *to tie*
cochlyd – *reddish*
cof – *memory*
colli pwyll – *to lose one's mind*
colli rheolaeth – *to lose control*
copa – *summit*
corwynt – *whirlwind*
cosi – *to tickle*
cracio – *to crack*
croen – *skin*

crybwyll – *to mention*
cryfder – *strength*
crynu – *to vibrate*
cwcw – *cuckoo*
cweir – *a hiding, a thrashing*
cwestiynu – *to question*
cwrlid – *duvet*
cwrtais – *polite*
cyd-ddigwyddiad – *coincidence*
cydio – *to grasp*
cydnabod – *to acknowledge*
cydwybod – *conscience*
cyfarwydd – *familiar*
cyfarwyddiadau – *directions*
cyfrinach – *secret*
cyfforddus – *comfortable*
cyffro – *excitement*
cyffroi – *to move, to excite*
cyffwrdd – *to touch*
cyhuddo – *to accuse*
cyhyrau – *muscles*
cymryd mwy o sylw o – *to take more notice of*
cymryd yn ganiataol – *to take for granted*
cyn hynny – *before then*
cyn lleied – *so little*
cynllun – *plan*
cynnig – *to offer*
cysgodi – *to shelter*
cysuro – *to console*
cysurus – *cosy*
cywilydd – *to feel ashamed*

chwarddodd – *he / she laughed*
chwithdod – *awkwardness*
chwys ddiferol – *dripping with sweat*

daear – *earth*
dafn – *drop*
dal ati – *to persevere*
dan ei gwynt – *under her breath*
dewr – *brave*
diamynedd – *impatient*
difaru – *to regret*
diflannu – *to disappear*
diflasu ar – *to be bored of*
difrifol – *serious*
di-gŵyn – *uncomplaining*
dim sôn amdanyn nhw – *no sign of them*
dirgelion – *mysteries*
dirgelwch llwyr – *complete mystery*
disglair – *bright*
disgrifiad – *description*
distiau – *beams, joists*
diweddariad – *update*
dod o hyd i – *to find, to discover*
dod yn rhydd – *to become free*
draen – *drain*
dresel – *dresser*
drewllyd – *smelly*
drwgweithredu – *to behave illegally*
dweud celwydd – *to tell lies*
dwfn – *deep, dark*
dwys – *intense*
dychmygu – *to imagine*
dychryn – *to frighten*

dychrynllyd – *terrible, frightful*
dynol – *human*
dyrnau – *fists*

ebychu – *to exclaim*
egni – *energy*
eistedd ar ei chwrcwd – *to crouch*
er – *even though*
er mawr syndod i – *to his/her astonishment*
eryr(od) – *eagle(s)*
esgus – *excuse*
esgus – *to pretend*
estyniad – *extension*

ffarwelio – *to bid farewell*
ffefryn – *favourite*
ffilm(iau) arswyd – *horror film(s)*
fflachio – *to flash*
fflachlamp – *torch*
fforch – *fork*
fforddio – *to afford*
ffwdan – *fuss*

galw – *to call*
galwad – *call*
galw heibio – *to call by*
godidog – *outstanding*
gohebydd – *reporter*
goleuo – *to light up*
golwg – *a state*
golygfa – *scene*
gollwng – *to drop, to drop off*
gorchuddio – *to cover*

gorffennol – *past*
gorffwyso – *to rest*
gosod – *to let (also means 'to set')*
gostegu – *to subdue, to grow calm*
grug – *heather*
gwadu – *to deny*
gwaedlyd – *bloody*
gwaethygu – *to worsen*
gwagio – *to empty*
gwar – *nape of the neck*
gwarchod – *to guard, to watch over*
gwasgu – *to squeeze*
gweddill – *the rest of*
gweiddi – *to shout*
gweld isio – *to long for, to miss*
gwelw – *pale*
gwersyll – *camp*
gŵglo – *to google*
gwgu – *to scowl*
gwichian – *to squeak*
gwichlyd – *squeaky*
gwir – *truth*
gwireddu – *to make true, to substantiate*
gwledd – *feast*
gwlychu at y croen – *to soak to the skin*
gwneud synnwyr – *to make sense*
gwythiennau – *veins*

haen – *layer*
hances boced – *handkerchief*
hawl – *right*
heb glywed siw na miw – *without hearing a sound*

heblaw am – *except for*
heini – *fit*
hel – *to collect*
hel straeon – *to gossip*
helynt – *bother, trouble*
her – *challenge*
heriol – *challenging*
hofran – *to hover*
holi – *to question*
hollt – *crack, split*
hud a lledrith – *magic*
hurt – *foolish, silly*
hwn a'r llall – *this and that*
hyd y gwyddai hi – *as far as she knew*
hyllbetha – *ugly things, monstrosities*
hŷn – *older*
hynod – *remarkable*
hysbysiad – *notification*

i fod i – *supposed to*
ias – *shiver*

llacio – *to relax*
llanast – *mess*
llawes – *sleeve*
lled y pen – *wide open*
lleddfu – *to soothe, to allay*
llefaru – *recitation*
llenni – *curtains*
llewyrchus – *prosperous*
llif o atgofion – *a wave of memories*
llifo – *to flow*
llithro – *to slip, to glide*

llosgi'n ulw – *to burn to cinders*
llus – *bilberries*
llwyddo – *to succeed*
llygad-dyst – *eye-witness*
llymaid – *draught, sip*
llyncu – *to swallow*

machlud – *sunset*
melynu – *to become yellow*
mellten – *lightning*
mentro – *to dare*
methiant llwyr – *complete failure*
mewn chwinciad – *suddenly, in an instant*
mwyar duon – *blackberries*
mymryn – *a little bit*
mynd o dan ei chroen hi – *to get under her skin*
mynnu – *to insist*

nefoedd – *heavens*
neges – *message*
nerth – *strength*
nes – *closer*
newid mân – *loose change*
noeth – *naked*

o'i blaen – *in front of her*
oddi wrth ei gilydd – *away from each other*
oerfel – *cold*
offer – *equipment*
ogla – *smell*
ogof – *cave*

o leia – *at least*
osgoi – *to avoid*

pam lai? – *why not?*
para – *to last*
patrymog – *patterned*
pefrio – *to twinkle*
peipen – *pipe*
pellter – *distance*
perthyn i – *to belong to*
petrusgar – *faltering*
pleth – *plait*
poer – *saliva, spit*
pregeth – *sermon*
pridd – *dirt*
prin – *rare*
profi – *to prove*
pryder – *anxiety, worry*
pwy a ŵyr – *who knows*
pwyllgor – *committee*
pwyntio at – *to point at*
pwysau – *weight*
pwyso i lawr ar – *to press down on*

rhaff – *rope*
rhaglenni dogfen – *documentaries*
rhedyn – *fern*
rhewi – *to freeze (fig.)*
rhoi help llaw i – *to give a helping hand to*
rhuo llew – *lion's roar*
rhuthro – *to hurry*
rhwydwaith – *network*
rhwygo – *to tear*

rhwystredigaeth – *frustration*
rhydd – *free*
rhyddhad – *relief*
rhyddhau – *to release, to free*
rhyfeddod – *amazement*
rhyfeddu – *to be amazed at*
rhywfaint – *some*

sach(au) bin – *bin bag(s)*
sain – *sound*
serth – *steep*
sgrôl – *scroll*
sgwrio – *to scrub*
sibrwd – *to whisper*
silffoedd – *shelves*
sionc – *sprightly, lively*
sliperi – *slippers*
stelcian – *to stalk someone*
stof – *stove*
straffaglu – *to struggle to do something*
suddo – *to sink*
swatio – *to huddle up, to snuggle*
sŵn tuchan – *a grumbling, moaning sound*
swyn – *spell*
sylweddoli – *to realise*
syllu – *to stare*
symudiad – *movement*
synhwyro – *to sense*
sythu – *to straighten*

tagu ar – *to choke on*
tamaid o aur – *a piece of gold*
tamprwydd – *dampness*

taran – *thunder*
taranu – *to thunder*
tarian – *shield*
tawelwch – *silence*
teclyn – *gadget*
tin-droi – *to dawdle*
tir gwastad – *flat land*
titw tomos las – *Blue Tit*
ton o euogrwydd – *a wave of guilt*
torri ar ei thraws – *to cut across her*
triog – *treacle*
tro cynta – *first time*
trochi – *to immerse*
troeon – *several times*
troi am 'nôl – *to turn back*
trotian – *to trot*
truenus – *pitiful*
trwchus – *thick*
trwm – *heavy*
trysor – *treasure*
tyllu – *to dig*
tylluan – *owl*
tyner – *gentle*
tynnu coes – *to pull one's leg*
tywallt – *to pour*

unig – *lonely*
unigolyn – *individual*
unigryw – *unique*
uwch – *higher*

wedi'r cyfan – *after all*
wyneb – *face*

Wynebgwrthucher – *(the name of King Arthur's shield)*

yma ac acw – *here and there*
ymateb – *reaction*
ymddangos – *to appear*
ymennydd – *brain*
ymestyn am – *to reach for*
ymhen hir a hwyr – *eventually*
ymosodiad – *attack*

ymwelydd (ymwelwyr) – *visitor(s)*
yn debyg i'w gilydd – *alike*
yn ei dro (ei thro) – *in turn*
yn syth bìn – *straight away*
Ynys Afallon – *the Island of Avalon*
Ynys Enlli – *Bardsey Island*
yr union le – *the exact spot*
ysfa – *urge*
ystyried – *to consider*

Cyfres Amdani

Mae'r **gyfres** lyfrau Amdani i bobl sy'n dysgu Cymraeg. Cafodd y gyfres ei **chreu** yn 2018. Roedd yn brosiect rhwng **Cyngor Llyfrau Cymru** a'r **Ganolfan Dysgu Cymraeg Genedlaethol**. Mae pob math o lyfrau yn y gyfres – straeon ditectif, nofelau **serch**, **hunangofiannau**, comedi a **straeon byrion**. Mae'r holl lyfrau yn **cyd-fynd â** chyrsiau Dysgu Cymraeg y Ganolfan. Mae'r llyfrau wedi cael eu **graddoli** ar wahanol lefelau dysgu, o lefel Mynediad i bobl sy'n dechrau dysgu Cymraeg, i lefel Uwch ar gyfer dysgwyr **profiadol**. Dach chi'n gallu prynu'r llyfrau yn eich siop lyfrau leol neu drwy **wefan** Gwales.com. Mae llawer o'r llyfrau hefyd ar gael trwy blatfform e-lyfrau newydd Cyngor Llyfrau Cymru, ffolio.cymru

Mynediad (Entry)   **Sylfaen** (Foundation)   **Canolradd** (Intermediate)   **Uwch** (Advanced)

cyfres – *series*	hunangofiannau – *autobiographies*
creu – *to create*	straeon byrion – *short stories*
Cyngor Llyfrau Cymru – Books Council of Wales	cyd-fynd â – *to go together with, to match*
Canolfan Dysgu Cymraeg Genedlaethol – National Centre for Learning Welsh	graddoli – *to grade, to classify*
	profiadol – *experienced*
	gwefan – *website*
serch – *love, romance*	